AF234317

L'ANNEAU D'ARGENT

PAR

CHARLES DE BERNARD

En 1831, à la fin du mois d'août, un de ces chars à bancs dont on se sert en Suisse à cause de l'étroitesse des chemins et où l'on se trouve assis de côté comme dans un omnibus, quittait la route de Salenches à Chamouny, pour s'engager à droite dans la gorge, non moins agreste, au fond de laquelle, humble rival de Vichy, de Baden et de Baréges, est enfoui l'établissement des bains de Saint-Gervais. Deux jeunes gens occupaient cette voiture qui cheminait lentement, ouverte au soleil, au vent et à la pluie, avec une simplesse helvétique. Le costume de ces voyageurs était celui de la plupart des touristes qui entreprennent le pèlerinage du mont Blanc : une blouse de toile écrue, un chapeau de paille à larges bords, un pantalon de coutil, de gros souliers et des guêtres. Ainsi accoutrés avec une fraternelle uniformité, l'un fumait un cigare, l'autre dormait, appuyé dans l'angle du char à bancs.

— Cortail, dit tout à coup le plus jeune en secouant son compagnon par le bras ; l'influence du terroir savoyard t'a-t-elle métamorphosé en marmotte !

Le dormeur s'enfonça les poings dans les yeux en écartant les coudes, et après un bâillement immodéré :

— Que faire en voyage à moins que l'on ne dorme ? répondit-il.

— Mais regarde donc ; quel site pittoresque ! Pour rester aveugle devant un pareil spectacle, il faut n'avoir aucune poésie dans le cœur.

Cortail, dont l'épaisse encolure, la figure rubiconde et la physionomie égayée annonçaient plutôt un tempérament rabelaisien qu'une nature portée à l'exaltation, promena autour de lui un regard nonchalant.

— Nous avons enfin quitté l'Arve, dit-il ; ce gros ruisseau à notre droite doit être le Bonnant ; ainsi dans quelques minutes nous serons arrivés ; je suppose qu'à Saint-Gervais on dîne à six heures.

— *Mangiar, dormir e ber !* reprit son compagnon en riant ; tu aurais figuré à merveille dans le corps des *Papatacci*.

— *Papatacci* tant que tu voudras, mon cher Bennezons ; je n'ai pas l'honneur d'être doué comme toi d'un de ces estomacs contemplatifs qui se repaissent en admirant un beau paysage. Il me faut le pain des forts. En ce moment je donnerais toutes les aiguilles du mont Blanc pour

1

la plus vulgaire côtelette accompagnée d'une bouteille de vin de Montméliant.

L'admirateur de la nature haussa légèrement les épaules, puis il se pencha en dehors du char à bancs, pour mieux examiner le chemin tortueux que bordait à droite le ruisseau du Bonnant, tandis qu'à gauche un escarpement boisé projetait sur la tête des voyageurs une voûte de feuillage, rafraîchie par le voisinage de l'eau et frémissant au gré du vent.

— Ce site, reprit-il, serait un théâtre merveilleux pour une scène de roman ; il est de ceux que Walter-Scott aime à décrire. Ne te rappelle-t-il pas le gué où la dame blanche fit faire un si beau plongeon au sacristain du monastère ?

— Ou plutôt, répondit Cortail, l'endroit où Francis Osbaldistone aperçut pour la première fois Diana Vernon.

— Parbleu ! c'est toi qui dis vrai, s'écria tout à coup Bennezons en faisant un soubresaut ; que je meure si ce n'est pas Diana elle-même qui se rend à ton évocation et vient au-devant de nous !

A son tour, Cortail sortit la tête de l'espèce de buffet où il était emprisonné à côté de son ami, et, comme lui, fixa les yeux sur une femme à cheval, qui se tenait immobile à un détour du sentier.

L'imagination d'un artiste eût pu prendre en effet cette apparition pour l'esprit de la belle chasseresse écossaise. Ombre ou réalité, sa présence imprévue dans ce lieu solitaire avait un charme mystérieux, qui, pendant un instant, rendit muets les deux spectateurs. Occupée à dégager son voile qu'une branche de hêtre avait accroché au passage, l'inconnue s'offrait à eux de profil, sans qu'ils vissent de sa figure autre chose qu'un large bandeau de cheveux noirs, encadrant la joue jusqu'au menton, et relevé en tresse derrière l'oreille ; mais l'élégance de sa taille, dont une robe de drap brun faisait ressortir la forme svelte et cambrée, ainsi que la manière aisée dont elle tenait les bras levés en arrangeant sa coiffure, semblaient des indices certains de jeunesse, que la bienveillance d'un homme de vingt-cinq ans devait accepter comme autant de promesses de beauté.

— Quelle charmante femme ! dit Bennezons en se penchant à droite de manière à se donner un torticolis.

— Et quel vilain cheval de charrue ! répondit son compagnon, dont l'âge plus mûr impliquait une opinion moins enthousiaste.

Au bruit des roues du char à bancs sur le sol caillouteux du sentier, la jeune amazone tourna la tête avec la vivacité d'un oiseau effarouché, et tirant la bride de son palefroi, lui fit faire un mouvement rétrograde.

— Conducteur, est-ce que vous voulez nous faire coucher ici ? s'écria Bennezons en voyant cette gracieuse apparition près de s'évanouir.

Le cocher réveilla d'un coup de fouet l'ardeur de ses chevaux, qui, sortant de leurs habitudes par un élan soudain, menacèrent l'étrangère d'une poursuite à laquelle la lourde allure de son propre coursier eût pu difficilement la soustraire. Mais en ce moment, semblable à une troupe militaire qui vient au secours d'une vedette menacée par l'ennemi, une cavalcade composée d'une demi-douzaine d'hommes et de deux autres femmes, déboucha au tournant du chemin où la jeune écuyère s'était montrée seule jusqu'alors.

— Ce sont des baigneurs de Saint-Gervais, dit Cortail en riant à l'aspect de cet escadron champêtre dont les montures, moitié chevaux de ferme, moitié ânes, rappelaient les pacifiques coursiers qui stationnent à l'entrée du bois de Boulogne pour l'ébattement des grisettes de Paris.

Les promeneurs et les voyageurs se rapprochèrent les uns des autres en prenant mutuellement la droite du sentier, précaution indispensable, car le passage était si étroit, que les cavaliers furent obligés de défiler un à un dans l'espace resté libre entre le char à bancs et la monture. Dans cette manœuvre, l'amazone à la robe brune avait pris place à l'arrière-garde, près d'une dame d'un âge mûr, qui chevauchait fièrement sur une jument poulinière à moitié aveugle. En voyant ce couple de près, Cortail se rejeta brusquement dans l'intérieur de la voiture, et se cachant la figure derrière le rideau de cuir, prit la pose d'un homme endormi.

Ce mouvement, quelque rapide qu'il eût été, n'échappa point à la plus vieille des deux femmes, qui, après avoir plongé dans le char à bancs un regard inquisitorial, leva d'un air impérieux une petite cravache douée, en apparence, d'une puissance surnaturelle, car, en la sentant effleurer son épaule, le cocher arrêta et se tint coi sur son siége, comme s'il eût été changé en pierre par la baguette de quelque magicienne.

— Félix, dit alors la dame entre deux âges, je ne suis pas dupe de votre sommeil. Prétendriez-vous ne pas nous reconnaître ?

Et du bout de sa cravache elle fit sauter le chapeau du faux dormeur. Celui-ci, voyant que sa position n'était pas tenable, tressaillit comme un homme qui s'éveille, ouvrit de grands yeux, et après les avoir arrêtés sur la mûre amazone, feignit une surprise agréable.

— Comment ! c'est vous, ma chère tante ? s'écria-t-il, et ma cousine Anastasie aussi ! Quel heureux hasard me fait vous rencontrer dans ce désert ?

— Nous sommes à Saint-Gervais depuis quinze jours, répondit la jeune personne, dont l'inflammable Bennezons dévorait du regard la figure élégante et régulière.

— Venez-vous prendre les eaux ? demanda l'autre baigneuse, qui, au mot de tante, avait légèrement froncé le sourcil.

— Pas du tout, répondit le jeune homme avec empressement ; je vais à Chamouny, et je ne resterai à Saint-Gervais qu'une heure au plus. Je suis désolé que l'arrangement de mon itinéraire me force de vous quitter si vite.

La dame dont l'automne commençait à fleurir regarda son neveu d'un air d'intelligence, que celui-ci ne parut pas disposé à comprendre.

— Il n'y a pas d'itinéraire qui tienne, dit-elle ensuite en insistant sur chaque syllabe ; vous me sacrifierez bien un jour ou deux. J'ai à causer sérieusement avec vous.

— Je vous jure, ma tante, que cela nous est impossible. N'est-ce pas, Bennezons ?

— Tu oublies qu'en parlant à une dame le mot impossible n'est pas français, répondit le jeune homme, plus empressé de déployer sa galanterie en présence d'une jolie femme que de venir en aide à son ami.

La dame d'un âge discret répondit par un gracieux sourire au regard qui avait accompagné ces paroles, quoiqu'il eût été adressé à sa fille plutôt qu'à elle-même, et se retournant vers Cortail :

— Félix, reprit-elle, vous voilà condamné sans appel ; tâchez de vous soumettre de bonne grâce. Comme vient de le dire Monsieur, aux yeux d'un gentilhomme le service des dames doit passer avant tout. Continuez votre chemin, et parlez de moi au directeur des bains; à ma considération, il vous logera convenablement. Nous nous reverrons à dîner.

— Mais, ma tante, quand je vous assure...

— Mais, mon cousin, je n'admets point d'excuse, répondit la dame à la cravache en appuyant sur le mot cousin.

Sans attendre une réponse, elle salua Bennezons d'un léger mouvement de tête, et faisant signe à sa fille de la suivre, décida la lourde jument qui lui servait de palefroi à partir au petit trot, allure aussi insolite à la pauvre bête que le galop au cheval de don Quichotte. Un moment après, les deux amazones disparurent à travers le feuillage, en ne laissant d'autre trace de leur apparition que le bruit du pas des chevaux, qui, pendant quelques instants, retentit pesamment sur les cailloux du sentier, et finit par se confondre avec le murmure du torrent.

— Parbleu! dit Bennezons à son ami tandis que le char à bancs se remettait en marche, tu peux te flatter d'être le mortel le plus heureux de France et de Navarre. Je te connais une demi-douzaine de cousines toutes plus jolies l'une que l'autre. Quelle est celle-ci, la plus charmante de toutes, et que je n'avais pas encore vue? Une cousine! C'est mon rêve à moi, et le sort veut que je n'aie que des cousins!

— Cela ne revient-il pas au même? répondit Félix d'un ton bourru.

— Tu te moques de moi; on aime sa cousine, on l'épouse quelquefois; tandis qu'un cousin est un ennemi donné par la nature.

Au lieu de répondre, Cortail mit la tête à la portière, et s'adressant au conducteur :

— Le chemin est-il assez large pour que vous puissiez tourner?

— Oui! si ça vous est égal de verser dans le Bonnant, répondit le flegmatique Génevois.

— Merci. Continuez donc; mais à la première place favorable, faites demi-tour à gauche. Nous n'allons plus à Saint-Gervais.

Le cocher baissa la tête en signe d'acquiescement; mais l'autre voyageur prit moins complaisamment cette proposition inattendue.

— Comment! s'écria-t-il, nous n'allons plus à Saint-Gervais! Et pour quelle raison, s'il te plaît?

— Que t'importe Saint-Gervais? répondit Cortail. Je ne pense pas que tu tiennes beaucoup à visiter quelques méchantes baraques en sapin perdues au fond de ce maudit entonnoir. Quant aux naturels de l'endroit, tu viens d'en voir un échantillon qui doit te suffire.

— C'est précisément cet échantillon qui me donne envie de faire plus ample connaissance. Je te déclare que ta cousine a des yeux noirs auxquels je sacrifierais au besoin la Savoie et les vingt-deux cantons. Comment s'appelle-t-elle?

— Anastasie.

— Je le sais; mais son nom de famille?

— Chateauvieux; Pourtois de Chateauvieux. Son père, mort il y a six ans, était frère utérin de ma mère, et président de chambre à la cour royale de Lyon. Madame de Chateauvieux est donc bien incontestablement ma tante par alliance, quoiqu'elle veuille que je l'appelle ma cousine. Elle trouve sans doute que c'est assez d'une grande

fille de vingt-trois ans, et ne se soucie pas d'avoir un neveu de trente-quatre.

— Cette rencontre n'a pas l'air de te plaire infiniment. Je crois qu'elle n'est pas étrangère à ton antipathie soudaine pour Saint-Gervais, dont tu me faisais ce matin encore le tableau le plus pittoresque?

— Tu n'as donc pas entendu que ma tante, car, elle a beau s'en défendre, elle est ma tante, me menaçait d'une confidence?

— Eh bien! qu'y a-t-il là de si terrible?

— Les confidences d'une femme de quarante-six ans!

— J'avoue qu'avec mademoiselle Anastasie la tâche serait plus agréable.

— D'ailleurs j'ai des raisons particulières pour être peu désireux de cet entretien.

En parlant de la sorte, les voyageurs arrivèrent au détour du sentier où mademoiselle de Chateauvieux leur avait apparu. Machinalement Bennezons leva les yeux vers le hêtre qui avait menacé la belle écuyère du sort d'Absalon. A travers les rameaux d'une branche presque horizontale, il aperçut un lambeau de gaze verte.

— Je ne m'étonne plus, dit-il, de l'accroc que j'avais remarqué à son voile; mais ce qui a touché une si jolie tête ne doit pas servir d'épouvantail aux moineaux.

A ces mots le jeune homme ouvrit le tablier du char-à-bancs et s'élança dehors. Au moment où ses pieds atteignaient la terre, il se trouva face à face avec un cavalier dont l'apparition fut si soudaine, qu'on eût pu croire qu'il sortait du fond du torrent, comme autrefois le spectre de l'Argail venant redemander son casque à Ferragus. Cet inconnu, âgé en apparence d'une trentaine d'années, était doué d'une telle profusion de cheveux, de barbe et de moustaches, qu'au premier coup d'œil on ne distinguait de sa figure que deux gros yeux noirs couverts d'épais sourcils joutant l'un contre l'autre. Son vêtement consistait en une courte redingote de velours verdâtre, boutonnée jusqu'au menton. Pour coiffure, il portait une casquette rouge, dont la forme conique et contournée affectait une réminiscence du bonnet phrygien. Ce symbole républicain était complété par un ruban bleu, à liséré amarante passé à la boutonnière, dans lequel il était facile de reconnaître la décoration de juillet, alors dans la fleur de sa nouveauté, et par conséquent de sa gloire.

Avant que Bennezons eût pu faire un mouvement pour exécuter son projet, l'étranger, dont les yeux s'étaient aussi fixés sur le feuillage du hêtre, se dressa sur les étriers, s'empara du morceau de gaze qu'il mit à sa boutonnière, à côté de son ruban; puis, laissant tomber sur les deux amis un regard sérieux, éperonna son cheval, et disparut en deux sauts du côté où s'éloignait la cavalcade des baigneurs.

A la vue de son compagnon ébahi et immobile au milieu du sentier, Cortail partit d'un éclat de rire.

— Il paraît, dit-il, que tu n'as pas seul le goût des reliques. Voici un pèlerin aussi dévôt que toi et plus alerte. Si du moins il avait eu la générosité de partager!

— Alerte! grâce à son cheval, répondit Armand avec un peu d'humeur. Mais je reverrai cet homme des bois. S'il est leste, en revanche il n'est ma foi pas beau, avec sa face à tous crins! Il est impossible que mademoiselle Chateauvieux soit très-flattée de voir figurer un échantillon de son voile à la boutonnière d'un pareil orang-outang.

— Propos de vaincu, reprit son ami. Allons, remonte

en voiture, et retournons sur nos pas. En partant tout de suite, nous risquerons moins de rencontrer ma tante.

— Retourne si tu veux; quant à moi, je continue ma route. Je suis trop curieux de voir ce qui adviendra de ce voile déchiré et métamorphosé en décoration. Que crains-tu, après tout? D'être contraint par la présence de ta tante à ces frais de petits soins et d'attentions, apanage obligatoire des neveux! Eh bien! si la corvée te fait peur nous la partagerons.

— Tu ne sais pas ce que c'est que ma tante!

— Une femme qui a dû être fort bien. Quand je te dis que je serai ton adjudant, ton remplaçant s'il le faut.

— En considération des beaux yeux d'Anastasie?

— Que t'importe, pourvu que je prenne pour moi les épines du rôle d'écuyer? Sois tranquille, je sais comment on captive une femme d'un âge respectable. Madame de Chateauvieux joue-t-elle le boston? je ferai sa partie; a-t-elle un petit chien? je serai l'ami d'Azor. Il y a des gimblettes partout.

— D'abord, sache qu'à une femme de quarante-six ans on ne doit jamais parler carlin, ni boston, ni lunettes, ni tabac, ni chapeaux jaunes, ni de rien, en un mot, qui sente la douairière.

— Je parlerai bals et spectacle, musique et poésie, amour et printemps; première communion, s'il le faut.

— A la bonne heure! puisque tu l'exiges, je me résigne; mais je te déclare qu'après dîner je fais une présentation solennelle de ton aimable personne, et qu'à partir de là, le bras de madame de Chateauvieux devient ta propriété exclusive. Je ne m'en mêle plus. Souviens-toi qu'elle donne toujours le bras droit; offre-lui le gauche, par conséquent. Ma tante a des idées fort chevaleresques; elle prétend que, même en accompagnant une femme, un cavalier doit toujours conserver libre la main dont il tient son épée.

Cette discussion terminée, les deux amis continuèrent leur route et arrivèrent bientôt aux bains de Saint-Gervais.

II

Après avoir pourvu à leur installation et donné un coup d'œil aux curiosités fort peu curieuses de l'établissement, les voyageurs quittèrent leurs blouses, en entendant sonner la cloche du dîner, pour endosser un costume plus convenable. A la porte de la salle à manger, ils rencontrèrent madame et mademoiselle de Chateauvieux, qui avaient également échangé leurs redingotes d'amazone contre des robes de demi-toilette dont la fraîcheur rivale semblait annoncer deux sœurs plutôt qu'une mère accompagnée de sa fille.

— Ma chère tante, dit Cortail en les abordant, puisque je dois avoir le plaisir de passer quelques jours près de vous, permettez-moi de vous présenter mon ami, M. Armand de Bennezons, un de mes camarades de l'ex-garde.

— Ce titre est, pour monsieur ainsi que pour vous, la meilleure des recommandations, répondit madame de Chateauvieux avec courtoisie, la garde royale est sûre d'être bien accueillie partout.

— Même devant les héros des glorieuses journées? demanda Bennezons en désignant d'un regard expressif le décoré de juillet qui s'avançait gravement, sa casquette rouge enfoncée sur l'oreille.

— Surtout en face de ces messieurs, repartit vivement la femme de quarante-six ans; car vous ne pouvez que gagner à la comparaison. Mais on se met à table, il nous faut entrer.

A ces mots elle prit le bras d'Anastasie et franchit le seuil d'un parallélogramme démesuré, plutôt semblable à un réfectoire qu'à une salle à manger, où une soixantaine de baigneurs avaient déjà pris place en observant pour unique loi de classement la date de leur arrivée respective. D'après ce règlement inviolable, en leur qualité de derniers venus, les deux amis s'assirent au bout de la table, tandis que madame de Chateauvieux et sa fille s'allèrent placer du même côté, mais à quelque distance, près d'un monsieur à cheveux gris, fashionable sexagénaire, portant la tête droite, regardant avec affabilité, quoique de haut en bas, souriant souvent, ne riant jamais; d'ailleurs parfaitement brossé, peigné, lustré, offrant en un mot, dans sa personne comme dans ses manières, une de ces physionomies à la fois patriarcales et aristocratiques qu'on ne rencontre guère en France que parmi les membres de l'ancienne noblesse. Au premier coup d'œil, on devinait en lui le gentilhomme; au second, on reconnaissait ce que les Anglais nomment, dans un sens exclusif, le gentleman.

— Vois-tu, entre ma tante et ma cousine, cette tête gracieusement respectable? demanda Félix à son voisin; c'est un représentant de la vieille France qui fera de notre rôle de cavaliers servants une véritable sinécure. Le connais-tu?

— Quelque chevalier de Coblentz, répondit Bennezons.

— Tu n'y es pas. C'est le marquis de Montespard.

— Le pair de France?

— C'est-à-dire l'ex-pair, car la révolution de juillet lui a enlevé son manteau fleurdelisé, ainsi qu'à nous deux nos modestes épaulettes. Il est un peu le parent et beaucoup l'ami de ma respectable tante. Du vivant de monsieur de Chateauvieux, les médisants se permettaient de gloser sur cette amitié plus intime, en effet, que ne le comporte d'ordinaire un arrière-cousinage; mais depuis que l'amie est veuve et que l'ami a soixante ans, les mauvaises langues ont fait silence: le monde finit toujours par consacrer ce qu'il a blâmé d'abord, et son approbation manque rarement à qui sait l'attendre. Qu'as-tu donc? tu ne m'écoutes pas!

— Tu parles fort bien cependant; mais c'est ce héros de juillet qui me cause des distractions; il a trouvé moyen de s'asseoir précisément en face de ta cousine.

— Cela prouve seulement qu'il est arrivé en même temps qu'elle, car cette table a l'air d'un bureau d'omnibus; chacun s'y assied d'après son numéro d'ordre. Il me semble que le décoré a supprimé la gaze verte à sa boutonnière?

— Il aurait aussi bien fait de supprimer sa redingote râpée, répondit Armand avec la double ironie d'un homme du monde blessé d'un manque d'usage, et d'un amoureux naissant, toujours prêt à ridiculiser son rival.

— Il est le seul qui ne se soit pas habillé pour dîner. Et puis, Dieu me pardonne! le voilà qui coupe son pain. Je suis sûr maintenant qu'il a mangé le potage à l'aide de sa fourchette. C'est un homme jugé.

Cet arrêt prononcé, l'ex-officier de la garde royale rentra dans un silence dédaigneux et peut-être jaloux, qu'interrompirent à peine de loin en loin les vulgaires incidents du repas. Après dîner, les baigneurs, profitant d'une belle soirée d'août, se disséminèrent par groupes sur une étroite esplanade, fermée, d'un côté, par le Bonnant, de l'autre, par plusieurs petits logis en pierre, luxe inouï, qui servaient d'aile au bâtiment principal. Laissant sa fille au milieu d'un groupe féminin qu'égayait l'amabilité sénile du marquis de Montespard, madame de Chateauvieux rejoignit Cortail, qui s'esquivait sur cette espèce de préau, dans l'espoir promptement déçu d'y fumer en liberté. A la vue de sa tante, qui lui prit le bras d'un air sérieux, celui-ci jeta, par un geste d'humeur, le cigare qu'il était près d'allumer, et attendit en silence la confidence à laquelle il ne pouvait se soustraire.

— Mon cher Félix, lui dit madame de Chateauvieux, ce n'est pas sans raison que j'ai insisté pour que vous vous arrêtiez à Saint-Gervais. Nous nous trouvons, Anastasie et moi, dans une position propre à nous faire désirer la présence, peut-être même l'appui d'un membre de notre famille. En un mot, j'ai un service à vous demander.

— J'espère, ma tante, que vous ne doutez pas de mon dévouement, répondit Cortail d'un ton assez froid.

— D'abord, interrompit la veuve du président avec un sourire forcé, quittez donc cette habitude de m'appeler votre tante à chaque propos; cela vous donne un air petit garçon, passablement ridicule pour un homme de votre âge.

— Qu'à cela ne tienne, ma tante, répondit l'incorrigible officier; je vous appellerai ma nièce, pour peu que cela puisse vous plaire.

— Il ne s'agit pas de cela. Parlons sérieusement. Avez-vous remarqué un individu, porteur d'une physionomie sinistre et de la croix de juillet, qui se trouvait assis à table en face de moi?

— Vous voulez dire en face d'Anastasie?

— Précisément. Je vois que vos observations ont précédé ma confidence; elles m'épargneront la moitié du chemin. Vous l'avez deviné, c'est au sujet de cet homme que je veux tenir avec vous un conseil de famille. Vous savez que depuis la révolution j'ai presque toujours habité la Suisse, où plusieurs de nos amis, chassés de Paris par les événements de 1830, ont cherché un asile. Nous avions passé fort tranquillement une partie de l'été à Genève avec M. de Montespard, les Castignon, les d'Hautecourt et plusieurs autres familles légitimistes, lorsque, un beau matin, ce personnage est tombé du ciel à l'*Écu de Genève*, où nous logions. Quand je dis du ciel, il est impie de supposer qu'un décoré de juillet puisse venir de là; mais c'est une manière de parler. Quoi qu'il en soit, depuis le jour de son arrivée, ce monsieur, sans en être prié le moins du monde, s'est constitué notre garde du corps. Aux promenades, aux spectacles, aux concerts, sur le lac, partout enfin, nous étions sûres de le trouver sur nos pas. Je n'ai pas besoin de vous dire qu'une pareille obsession, de la part d'un être à bonnet rouge, à d'impatientant et d'insupportable. Anastasie, qu'il se permettait de poursuivre de ses regards passionnés (il a de gros yeux farouches qu'il croit peut-être expressifs), Anastasie en avait les nerfs tellement agacés, que j'ai craint un instant qu'elle ne tombât malade. C'est en partie pour nous soustraire à cette persécution que nous sommes venues à Saint-Gervais. Eh bien! savez-vous quelle est la première personne que nous avons aperçue à table, en face de nous, le lendemain de notre arrivée? Le héros de juillet, avec son immuable redingote vert-olive, sa barbe négligée et son regard impitoyable. De-

puis quinze jours, il nous continue le supplice qu'il nous avait infligé à Genève. Anastasie ne peut pas faire un pas, seule ou accompagnée, sans voir sortir tout à coup de quelque buisson cette figure de sauvage qui lui fait une peur horrible. Heureusement vous voici. Jusqu'à présent, ce monsieur, voyant qu'il avait affaire à deux femmes sans défense, s'est cru en pleines barricades; mais votre présence lui imposera, je l'espère.

— Maintenant, ma belle tante, qu'attendez-vous de moi? demanda Félix, qui avait écouté ce récit sans manifester la moindre émotion.

— De la part d'un militaire et d'un gentilhomme la question peut paraître singulière, répondit madame de Chateauvieux avec un sourire ambigu; ce que j'attends de vous, mon cousin, c'est que vous signifiez à cet individu d'avoir à cesser sur-le-champ une conduite dont je me trouve offensée, surtout à cause d'Anastasie.

— Il est possible, observa froidement l'officier, qu'à une injonction de cette nature il réponde en m'envoyant promener, et c'est ce que je ferais à sa place; dans ce cas, il en résultera probablement un duel.

— Eh bien! n'avez-vous pas votre épée? demanda d'un ton superbe la femme à sentiments chevaleresques.

— Sans doute, et tout à votre service, s'il m'est prouvé que vous en ayez réellement besoin. Veuillez donc, je vous prie, me citer quelque insulte, quelque impertinence, ou seulement quelque impolitesse dont ce monsieur se soit rendu coupable envers vous; la moindre chose qui me mette dans mon droit; par exemple, un propos déplacé, adressé par lui à ma cousine.

— Vous êtes fou. Jamais cet homme n'a parlé à ma fille ni à moi. Ici notre société est en majorité et fait la loi; malgré ses efforts pour y être admis, nous l'avons, en raison de sa croix et de ses manières, frappé d'un ostracisme sans pitié; la vie qu'il mène ici est celle d'un paria que nul ne fréquente et que chacun repousse.

— Alors je vois que ses crimes se réduisent à jouer le rôle du Solitaire, à se poster sur le passage d'Anastasie, à la contempler sentimentalement à travers le feuillage, et, pour méfait suprême, à dîner en face, mais séparé d'elle par une table large de six pieds. Cela est sans doute fort ridicule, mais ne me donne pas le droit d'intervenir raisonnablement à main armée.

— Puisqu'il vous faut des raisons *raisonnables*, suivez-moi, répondit madame de Chateauvieux avec une sorte d'aigreur mal déguisée.

Elle se dirigea, en parlant ainsi, vers un petit pavillon dont le rez-de-chaussée servait de salon de compagnie. Redoutant l'humidité du soir que rendaient plus âcre le voisinage du torrent et la position même de l'établissement qui, fermé de toutes parts par une montagne perpendiculaire, semble construit au fond d'un puits, plusieurs baigneurs s'étaient déjà réfugiés dans cet asile sans feu et presque sans lumière; sorte d'antre inhospitalier dont rougirait un cabaret de village. Madame de Chateauvieux traversa ce soi-disant salon sans parler à personne, et ne daigna pas accorder un regard au décoré de juillet, qui s'était levé avec empressement pour lui faire place. Le maintien roide, la physionomie sévère, elle s'approcha d'une table placée près de la cheminée, et sur laquelle se trouvait le registre où les voyageurs ont l'habitude d'écrire leurs noms; elle ouvrit ce livre, posa l'index dans le haut d'une page; puis, se retournant vers son neveu, lui jeta un regard qu'eût fidèlement traduit la célèbre interrogation de Manlius : — *Qu'en dis-tu ?*

Cortail se pencha vers le registre et y lut, au-dessus du doigt de sa tante, plusieurs lignes dont la première, qui était imprimée, renfermait les indications suivantes, séparées par autant de filets :

NOMS. — PRÉNOMS. — QUALITÉS. — D'OU L'ON VIENT.

Immédiatement au-dessous, une main évidemment féminine avait écrit avec un certain *grossoiement* à intention majestueuse :

Madame de Chateauvieux, — Jeanne, — noble, — Genève.
Mademoiselle de Chateauvieux, — Anastasie, — id., — id.

Enfin, sous cette dernière ligne, une plume dont M. Prudhomme eût pu s'enorgueillir avait buriné les mots que voici :

Guibout, — Alexandre, — décoré de la croix de juillet, — France.

Puis venaient d'autres noms sans intérêt.

— Eh bien ! vous ne dites rien ? demanda la femme entre deux âges d'un ton vif et un peu sec.

— Je dis, répondit Félix, qu'il se nomme Alexandre Guibout et qu'il possède une magnifique écriture contre laquelle j'échangerais volontiers mes pattes de mouche ; quant au délit, j'avoue que je ne le découvre pas.

— Vous ne voyez pas l'impertinence préméditée de ce paraphe par lequel votre héros s'est permis d'accoler son nom à celui de ma fille ?

Hasard ou intention, l'E final du mot Alexandre se terminait par une sorte de volute ascendante, admirable sous le rapport calligraphique, et dans laquelle se trouvait amoureusement enlacé le nom d'Anastasie, placé précisément au-dessus. En se posant de nouveau sur cet audacieux enroulement, le doigt de la veuve indignée semblait près de trouer le papier. L'officier de la garde avança la lèvre inférieure et hochant la tête avec un sérieux affecté :

— Ceci devient grave, en effet, répondit-il ; mais avant de décider si ce trait de plume mérite un coup d'épée, il me semble qu'une expertise d'écrivains jurés serait indispensable. L'affaire est du ressort de Brard et de Saint-Omer plus que du mien ; car enfin, cette accolade peut être innocente ; chacun signe à sa guise ; les uns paraphent en dessous, les autres en dessus, et s'il était prouvé que ce M. Guibout a l'habitude d'embellir son écriture de serpentins, de tire-bouchons, ou autres arabesques, que pourrait-on lui dire ?

Madame de Chateauvieux ferma brusquement le registre et s'assit près de la table, dont ses doigts, entraînés dans une sorte de galopade nerveuse, martelèrent le tapis comme s'il eût été le clavier d'un piano.

— Vous avez sans doute beaucoup d'esprit, et je sais que vous plaisantez à ravir, dit-elle enfin avec une colère concentrée ; mais il est des questions de délicatesse, des choses de tact et de convenance au sujet desquelles votre esprit lui-même peut se montrer en défaut. Je n'ai pas besoin de votre avis sur un fait jugé dans mon opinion ; ce que je vous demande, c'est un service sans phrases. Que votre sentiment diffère du mien, peu importe, ce me semble. Les hommes d'autrefois obéissaient aux femmes sans les contredire. Aujourd'hui, au lieu de servir, on

argumente, et la discussion dispense du dévouement.

— Ma chère tante, répondit Félix avec l'impassibilité poliment ironique qui lui était habituelle, voulez-vous bien me permettre une question ? J'admets que la conduite de ce M. Guibout soit aussi monstrueuse qu'elle vous paraît l'être ; mais, dans ce cas, comment se fait-il que M. de Montespard, votre parent ainsi que moi, et votre ami depuis longtemps, ne se soit pas chargé d'une admonestation que légitimerait son âge en la rendant naturellement pacifique ? Je ne pense pas qu'au fond vous veuilliez la mort de personne ; et si j'en crois ma connaissance du cœur masculin, la parole d'un vieillard aurait sur ce farouche républicain une autorité qu'obtiendrait plus difficilement l'intervention d'un homme de mon âge.

— D'abord M. de Montespard n'est pas un vieillard, répondit sèchement l'amie de l'ex-pair de France ; ensuite des raisons particulières lui interdisent tout contact avec l'individu dont nous parlons. Ce M. Guibout est le neveu d'un personnage du même nom, paysan enrichi, libéral renforcé, acquéreur de biens nationaux, maître de forges, grand industriel, tout ce que vous voudrez, en un mot, et voisin de campagne du marquis, dans le Beaujolais. Après la révolution de juillet, M. de Montespard s'était retiré dans son château, sans que personne songeât à l'inquiéter, lorsqu'un beau jour votre chevalier de barricades est arrivé de Paris chez son oncle, l'esprit enflammé par la victoire, et avec des idées de propagande révolutionnaire dont vous devinez le résultat. Deux jours après son arrivée, la position de ce pauvre marquis n'était plus tenable ; c'était tous les jours quelque provocation nouvelle : l'arbre de la liberté planté devant le château, la *Marseillaise* et la *Parisienne* chantées sous les fenêtres, les ouvriers des forges en émeute perpétuelle, les charivaris, les vexations pour la garde nationale ! enfin les choses sont venues à ce point que M. de Montespard a cru devoir s'absenter momentanément de sa terre. Vous comprenez alors que, se retrouvant en face du sieur Guibout, le sentiment de sa dignité, le respect qu'il se doit à lui-même, lui font un devoir du silence le plus dédaigneux.

— Oui, je comprends, répondit Félix en souriant :

> Louis, les animant du feu de son courage,
> Se plaint de sa grandeur qui l'attache au rivage.
>
> . . . .

Et vous pensez que les mêmes considérations de majesté à maintenir n'existent pas pour un petit gentillâtre comme moi. Je vous remercie de cette distinction. Maintenant, une seconde et dernière question, si vous voulez bien me la permettre. Vous rappelez-vous, mon aimable tante, une petite promenade que nous fîmes, il y a deux ans environ, le long des boulevards, depuis le passage des Panoramas jusqu'à la rue de la Paix ?

Madame de Chateauvieux rougit légèrement, grâce devenue rare à son âge, et froissa le tapis de la table au lieu de répondre.

— Je vais réveiller vos souvenirs s'ils sont effacés, poursuivit Cortail sans s'émouvoir de ce symptôme orageux ; vous alliez faire des emplettes dans différents magasins, et j'avais l'honneur de vous donner le bras. A l'angle des Bains-Chinois, nous rencontrâmes un jeune homme qui, selon vous, et je dus vous croire, se permit de nous regarder de travers de la manière la plus insqlente. Sur votre observation, j'allai lui demander raison de ce regard; car alors, ainsi qu'OEdipe,

J'étais jeune et superbe.....

Au lieu de m'adresser des excuses, il s'emporta, et se prétendit insulté. De fait, le seul tort de ce pauvre diable était de loucher horriblement. Bref, nous nous disputâmes; le lendemain, nous nous battîmes; et, comme la cause la plus juste ne triomphe pas toujours, d'un coup de pistolet je guéris mon adversaire de son mauvais œil; en sorte que maintenant, à cela près qu'il est borgne, il regarde comme tout le monde. Je l'ai rencontré trente fois depuis, et jamais sans éprouver un remords, jamais sans me faire le serment solennel d'apporter désormais moins de légèreté dans une affaire aussi sérieuse que l'est un duel; car enfin, au lieu de l'éborgner, j'aurais pu le tuer, et je ne me le serais pardonné de ma vie.

— Voilà des sentiments fort chrétiens, et qui vous assureront une vieillesse paisible, dit madame de Château vieux avec un ricanement dédaigneux.

Cortail lissa ses moustaches en souriant.

— La paix, répondit-il ensuite, convient à la vieillesse des femmes au moins autant qu'à celle des hommes. Si j'étais un élève de Saint-Cyr ou de l'École polytechnique, ou seulement un étourdi comme il y a deux ans, votre moquerie me pousserait sans doute à quelque nouvelle sottise; mais j'ai trente-quatre ans, malheureusement; malheureusement aussi je me suis battu cinq fois, et mes preuves sont faites. Soyez-en sûre, je connais les devoirs que m'impose notre parenté, et pour les remplir je n'ai pas besoin de coups d'éperon. Le jour où une insulte réelle et non imaginaire sera faite à vous ou à ma cousine, vous me verrez prendre ma place entre vous et l'offenseur. Jusque-là, souffrez que je garde mon épée dans le fourreau, car le donquichottisme n'est pas mon fait. Qu'y a-t-il de vrai dans tout ceci? M. Guibout a conçu pour ma cousine un amour qu'il manifeste d'une manière gauche et puérile. Je vois là un ridicule, peut-être, mais non un outrage. Anastasie est assez bien pour causer une passion extravagante; et vous-même, ma belle tante, devez être habituée aux folies que le cœur inspire. N'ai-je pas entendu dire que, pour avoir le bonheur de faire de la musique avec vous, M. de Montespard avait appris à pincer de la guitare... autrefois?

Au lieu de répondre, madame de Chateauvieux foudroya son neveu d'un regard rajeuni par le courroux, et lui tournant brusquement le dos, adressa la parole à une vieille dame assise de l'autre côté de la table.

— Ma tante est encore bien quand elle se met en colère, se dit Cortail; l'indignation lui colore le teint et lui rend l'œil brillant comme une escarboucle; certes, il se rompt des lances pour des femmes qui ne la valent pas; mais en conscience ceci regarde M. de Montespard.

III

La nuit étant venue pendant ce dialogue, le salon s'était rempli peu à peu. Plusieurs parties de jeu, plaisir unique des vétérans de la société, se formaient dans les angles réservés pour cet usage. Au milieu, autour d'une grande table ronde, un cercle de jeunes femmes, travaillant à différents ouvrages, se livraient à une conversa-

tion futile, décousue, moqueuse d'ordinaire, quelquefois spirituelle, le plus souvent insignifiante et vide, propre, en un mot, à faire illusion aux auditeurs en leur persuadant que la scène se passait à Paris plutôt que dans un désert de la Savoie. Parmi les rares privilégiés admis près de ce groupe d'élite, Armand de Bennezons se faisait remarquer par un empressement particulier. Usant, avec l'aisance insinuante d'un homme bien élevé, des droits que lui donnait sa présentation à madame de Chateauvieux, il avait réussi à s'asseoir derrière Anastasie; la manière complaisante dont la jeune fille tournait la tête pour l'écouter ou lui répondre présageait une de ces intimités improvisées pour ainsi dire, auxquelles ne se refusent pas les gens de la plus exclusive compagnie, tant elles semblent autorisées par les mœurs exceptionnelles des eaux. D'ailleurs, une éducation plus anglaise que parisienne, le séjour de Genève, l'habitude de voir des étrangers, l'exemple de sa mère, l'indépendance de son esprit, enfin l'assurance qu'inspire l'usage du monde jointe à une instruction variée, donnaient à mademoiselle de Chateauvieux un aplomb facile et gracieux, cause d'une méprise journalière dont elle ne se trouvait flattée qu'à demi. En la voyant pour la première fois, tout le monde lui disait : Madame.

— Je parais donc bien vieille? demanda-t-elle un jour à sa mère, avec une inquiétude mêlée de dépit.

— Tu parais charmante, répondit celle-ci, qui professait un extrême dédain pour la timidité silencieuse et gauche, partie obligée de l'uniforme dans les pensionnats de Paris.

Ainsi encouragée, Anastasie était devenue, en effet, extrêmement aimable, trop aimable même selon quelques-uns; car il est des esprits chagrins toujours prêts à chercher la cantharide dans la rose. Pleine de déférence envers les femmes âgées, polie mais prudente avec celles de son âge, elle réservait de préférence pour la société des hommes dont le mérite lui semblait digne de cette faveur, les charmes d'un esprit que colorait un mélange d'enthousiasme artistique et d'exaltation chevaleresque. Ses succès la contraignirent promptement à se ranger à l'opinion générale qui la proclamait une personne accomplie. Contente d'elle-même, elle se fût trouvée avare en épargnant une amabilité dont elle voyait les miettes les plus chétives disputées à ses pieds par d'élégants affamés. Elle était donc généreuse, parfois jusqu'à la coquetterie; écoutait en souriant, répondait des yeux ainsi que de la voix; parlait bien, et beaucoup, et de tout. Au besoin, elle eût renouvelé la thèse de Pic de la Mirandole. L'intelligence d'une jolie femme n'équivaut-elle pas à l'omniscience?

En ce moment, Bennezons se trouvait sous le charme d'une conversation abondante, dont il avait fini par obtenir la jouissance à l'exclusion de tout autre concurrent. De son côté, pour plaire à une si diserte interlocutrice, il se ruinait en frais, selon l'usage des jeunes gens de Paris, qui mettent volontiers tout leur esprit à l'avant-garde et ne sont jamais si aimables que la première fois. Après avoir épuisé plusieurs questions littéraires, les controverses sentimentales ne s'improvisant guère qu'avec une femme mariée, le jeune homme amena la discussion sur la peinture, car il peignait. Une fois qu'il eut laissé soupçonner son talent, il se vit obligé d'en donner une preuve, et alla chercher un album, dont ses œuvres personnelles ne faisaient que la moindre richesse, car plusieurs dessins signés par Deveria, Decamps et Roqueplan donnaient à ce recueil une valeur positive. Cette manœuvre, inspirée par une innocente vanité, fut une maladresse; l'espèce de tête-à-tête qu'Armand avait su se ménager jusqu'alors se trouva rompu, son album ayant attiré l'attention générale. Peut-être fut-il consolé de ce contre-temps par la louange; briller aux yeux d'une femme c'est lui parler encore, et l'éloquence du triomphe est presque toujours la plus pénétrante.

Parmi les témoins de cette scène, deux surtout contemplaient les succès de l'officier de la garde avec une mauvaise humeur à peine déguisée. D'abord M. de Montespard, qui, grâce à une disette absolue de jeunes gens, s'était trouvé jusqu'alors la fleur des pois du salon de Saint-Gervais! Fleur un peu fanée malgré son parfum d'exquise politesse, et que menaçait d'un détrônement imminent l'arrivée d'un homme élégant, aussi parfaitement élevé que le marquis lui-même, de plus joignant à ses autres avantages la jeunesse, le premier de tous. L'autre, mécontent était Alexandre Guibout. Assis à l'écart, derrière une table de boston, tenant, par contenance, *la Quotidienne*, le seul journal français admis en Savoie, et qui devait brûler les doigts du décoré de juillet comme l'eau bénite brûle, dit-on, ceux du diable, il promenait un regard rancuneux sur le groupe aristocratique dont l'avait exclu l'intolérance de madame de Chateauvieux. Ses gros yeux, rendus plus saillants encore par la pâleur de ses joues, ainsi que par l'encadrement volumineux d'une chevelure bouclée et d'une barbe touffue, prenaient, surtout en se fixant sur Anastasie ou sur le jeune officier, une expression d'amertume voisine de la menace. En traversant le salon pour s'approcher de sa cousine, Cortail, qui possédait une rare promptitude d'observation, intercepta au passage un de ces regards farouches; en même temps, son oreille, aussi exercée que son coup d'œil, entendit M. de Montespard, disant à un de ses voisins, personnage d'une haute taille et d'un aspect sévère :

— Castignon, dans notre jeunesse nous écoutions les vieillards; aujourd'hui la mode est changée; ce sont les vieillards qui doivent écouter les jeunes gens. Ce monsieur avec son album me rappelle Diderot, qui, selon Voltaire, était meilleur pour le monologue que pour le dialogue.

— Mon cher, dit Félix en s'asseyant derrière Bennezons, rien ne manque à ton succès; tu as déjà trouvé moyen de te faire deux ennemis.

— Ta cousine est la femme la plus ravissante que j'aie jamais vue, répondit Armand, livré par anticipation à la préoccupation habituelle aux amants.

Madame de Chateauvieux, dont le visage avait recouvré peu à peu sa sérénité, s'approcha de la table de travail, et avec l'aisance d'une femme supérieure, qui, dans tous les salons, se regarde comme chez elle, prit une paire de ciseaux dont elle frappa deux ou trois coups sur le tapis. A ce signal, équivalent au bruit de la sonnette du président de la chambre, le silence s'établit et tous les yeux se fixèrent sur la reine des eaux.

— Mesdames, dit-elle, la soirée se passe, et nous oublions notre vente.

— En effet, c'est aujourd'hui qu'elle doit avoir lieu, répondit-on de toutes parts.

Sur un signe de madame de Chateauvieux, plusieurs hommes, de ceux-là qui dans le monde adoptent l'emploi de complaisants et aident au besoin les domestiques, sortirent mystérieusement du salon. Ils revinrent bientôt après chargés d'une foule de petits objets, broderie, cartonnage, tapisserie, bourses, porte-montres, inutilités de toute espèce qu'ils rangèrent triomphalement sur la table.

—Avant de commencer, reprit la dame patronnesse, il est une autre œuvre de bienfaisance que nous ne devons pas oublier. Plusieurs personnes arrivées depuis peu à Saint-Gervais n'ont pas encore pris part à notre souscription pour les détenus politiques de la Vendée. Nous espérons qu'elles voudront bien joindre leurs offrandes aux nôtres. Anastasie, vous vous êtes chargée du rôle de quêteuse.

— Que la peste t'étouffe! dit tout bas Félix à son ami; sans toi, en ce moment nous fumerions tranquillement un cigare, au clair de lune, sur la route de Chamouny, au lieu de nous voir égorgés par la bienfaisance de ma tante.

A la voix de sa mère, mademoiselle de Chateauvieux s'était levée prestement. Improvisant une bourse au moyen d'une petite corbeille empruntée à la table de boston, elle commença aussitôt sa tournée avec une bonne grâce qu'eût enviée une quêteuse de Saint-Roch.

— As-tu de l'or? dit Bennezons à son voisin après avoir précipitamment bouleversé toutes ses poches.

Cortail haussa les épaules et lui glissa dans la main une pièce de vingt francs.

— Donne-moi un double louis, reprit le jeune homme, qui trouvait toute offrande mesquine en songeant à la beauté de la quêteuse.

— Calme-toi; nous ne sommes pas au bout de nos actes de bienfaisance. Après les Vendéens tu vas voir venir les blessés de la garde, les pensionnaires de la liste civile, toutes les infortunes de notre parti, à la file : tu peux te reposer sur ma tante, elle te fournira l'occasion de déployer ta magnificence.

Anastasie récompensa Bennezons par un regard céleste et s'approcha de son cousin.

— Vous savez que je suis pauvre, lui dit celui-ci en couvrant d'un écu de cinq francs la pièce d'or offerte par son ami; d'ailleurs, poursuivit-il avec un sourire malicieux, je suis presque votre frère, et cette parenté me dispense de toute largesse chevaleresque.

Alexandre Guibout s'était levé pour se placer sur le passage de mademoiselle de Chateauvieux; en la voyant venir à lui, gracieuse et charmante, encore embellie par l'animation que cause un rôle quelconque joué en face du public, il prépara une offrande destinée à éclipser toutes les autres; mais comme l'œuvre de bienfaisance à laquelle il allait prendre part avait une couleur légitimiste, le décoré de juillet crut devoir concilier l'austérité de ses principes et la faiblesse de son cœur par une sorte de profession de foi qu'il débita d'un ton dogmatique, de manière à être entendu de ses voisins.

— Après le combat, dit-il, les ennemis sont frères, et le malheur n'a plus d'opinion.

Malgré l'antipathie que lui inspirait cet adorateur à bonnet rouge, Anastasie eût sans doute agréé son tribut, car en ce moment le petit amour-propre de quêteuse dominait en elle tout autre sentiment; mais un impérieux regard de sa mère lui interdit une condescendance jugée inconvenante. Avertie par ce coup d'œil, la jeune fille passa, rapide comme une gazelle, devant le décoré mis à l'index, et retira la petite corbeille vers laquelle il étendait la main. Une pluie de pièces de cinq francs s'éparpilla sur le parquet ; à ce bruit tous les yeux se fixèrent sur le républicain, qui, sans songer à ramasser son argent, demeurait immobile, la face rouge jusqu'aux oreilles, les yeux écarquillés, et les cheveux hérissés en apparence plus encore que de coutume.

— Que penses-tu de la charité de ces dames ? demanda Félix à son compagnon ; elles aimeraient mieux, je crois, laisser mourir de faim un malheureux que de le secourir au moyen d'un écu mal pensant.

— Je pense, répondit Bennezons, que ce personnage à mine patibulaire a eu raison de voler à ta cousine un morceau de son voile ; car, à coup sûr, jamais il ne l'aurait obtenu d'elle.

Cortail se contenta de sourire d'un air un peu moqueur, et s'approcha de la table où la vente allait commencer. Un monsieur de quarante ans, gros, frais, frisé et souriant, s'était créé commissaire-priseur, emploi qu'il remplissait à la satisfaction générale, en proclamant chaque article d'une voix claire et grasseyante.

— A quelle infortune votre philanthropie destine-t-elle le produit de cette vente ? demanda Félix à sa cousine en se plaçant derrière elle.

— Aux pensionnaires de la liste civile, répondit Anastasie ; pour ma part, j'ai fait un cordon de montre ; j'espère, Félix, que vous serez assez aimable pour l'acheter.

— J'ai perdu ma montre à Lausanne, répondit l'officier fort décidé à défendre son modeste budget contre la formidable bienfaisance de ses parentes.

Après la mise aux enchères de plusieurs articles insignifiants, le commissaire amateur sourit avec une sorte de béatitude, et de sa voix de fausset la plus insidieuse :

— Messieurs, dit-il, voici un objet qui s'adresse à vous ; un joli cordon en soie, d'un travail exquis, pouvant servir pour une montre ou pour un lorgnon. Cet ouvrage a été offert par mademoiselle de Chateauvieux. Combien le charmant cordon ? Nous disons pour commencer : cinq francs !

— Vingt francs ! dit Bennezons qui prononça ces mots d'une voix timide, tout officier de la garde qu'il avait été.

— Un cordon de vingt sous ! grommela Félix en se renversant sur sa chaise de manière à ôter à sa cousine tout espoir de le voir surenchérir.

Malgré son intolérance aristocratique, mademoiselle de Chateauvieux était femme ; l'enchère exagérée de son nouvel adorateur l'avait flattée d'abord, mais en voyant que personne ne s'empressait de la couvrir, elle éprouva un mouvement de dépit qui, soudainement, humanisa son orgueil. Par un mouvement imperceptible ; elle tourna ses beaux yeux noirs du côté d'Alexandre Guibout, qu'elle n'avait pas voulu voir jusqu'alors, et lui jeta, plus prompt que l'éclair, un regard qui disait de la manière la plus expressive :

— Et vous ? n'avez-vous pas envie de mon cordon ?

En toute autre circonstance, le décoré se fût mis à genoux, mais la blessure faite à son amour-propre saignait encore. Au lieu d'obéir à un désir si clairement manifesté, il fronça le sourcil, sourit avec une sorte de dédain vindicatif, et ne dit mot. Confuse et courroucée de ce silence, Anastasie détourna la tête en rougissant.

— Vingt francs ! clama le commissaire-priseur ; personne n'en veut plus ? adjugé, pour vingt francs, à M. de Bennezons.

En voyant la rougeur qui couvrait les joues d'Anastasie, l'officier de la garde royale se passa la tresse de soie autour de la cravate, aussi triomphalement que si c'eût été le collier du Saint-Esprit ou le grand cordon de la Légion d'honneur. Ces manières de conquérant redoublèrent le dépit de mademoiselle de Chateauvieux, qui se dit involontairement :

— Si la vente avait eu lieu avant la quête, ce M. de Bennezons n'aurait pas eu, pour vingt misérables francs, un objet qui m'a coûté un jour de travail.

— Tu es adorable ! vint dire Cortail à son ami ; comme je m'intéresse à tes succès, je te préviens qu'on va vendre des allumettes fabriquées par ma tante. Je suppose que dans cette occasion solennelle, ta galanterie ne se démentira pas. Tu sais que pour plaire aux filles, il faut captiver les mères.

Plus frappé de l'axiome que sensible au persiflage, Armand ne laissa pas échapper l'occasion de faire sa cour à la mère d'Anastasie. Pour la modeste somme de quinze francs, il entra en jouissance de vingt-cinq allumettes en papier, fort agréablement découpées et charmant le regard par la variété de leurs couleurs. Ce beau trait obtint sa récompense.

— En vérité, monsieur, vous auriez dû naître au temps de la chevalerie, lui dit madame de Chateauvieux dont il s'était approché vers la fin de la vente ; et, continuat-elle en jetant à son neveu un regard dédaigneux, plus d'une personne ici pourrait vous choisir pour modèle. — Puis, changeant de ton et prenant un accent insinuant : — Malgré tous nos efforts, nous ne sommes pas bien riches. J'aurai moins d'argent à envoyer à nos pauvres Vendéens que je ne l'espérais. Tout le monde ne comprend pas aussi bien que vous le désintéressement chevaleresque. Cependant il me semble que, pour une œuvre de cette nature, chacun devrait s'empresser d'apporter son offrande.

— Si j'étais arrivé plus tôt à Saint-Gervais, observa Cortail, peu disposé à laisser une attaque sans riposte ; n'en déplaise à Bennezons, c'est vous, ma chère tante, que j'aurais choisie pour modèle ; j'ai aussi un talent particulier pour la confection des allumettes ; c'est un article qui se vend bien et ne ruine pas le fabricant.

Au lieu de répondre à ce sarcasme, madame de Chateauvieux prit sur la table l'album d'Armand et se mit à le feuilleter d'un air rêveur. Avec la promptitude d'esprit particulière à quelques femmes, Anastasie devina la pensée de sa mère et se chargea de l'exprimer, sachant bien, l'aimable jeune fille, tout ce qu'acquérait de pouvoir un désir dont elle se faisait l'interprète. Elle posa donc gentiment sa main blanche sur l'album, et, regardant le peintre officier avec un timide sourire :

— Anastasie, répondit la femme bienfaisante, ravie au fond de l'intelligence de sa fille, vous qui parlez d'intention, songez que le sentiment le plus louable ne justifie pas toujours une indiscrétion. M. de Bennezons doit tenir à ce superbe recueil.

— Comment ! madame, balbutia le jeune homme, un peu étourdi de cette attaque imprévue, pensez-vous que ces croquis sans prétention... Une pareille association à vos bonnes œuvres... Je serais trop heureux... certainement....

— C'est cela, dit-elle, qui ferait honneur à notre vente, et non de pauvres ouvrages de femme, dont la seule valeur est dans l'intention.

— Non, répondit madame de Chateauvieux, quelle que soit la sainteté du motif, nous nous ferions scrupule d'abuser de votre générosité. Tenez, cachez cet objet tentateur.

Elle ferma le livre et le lui offrit. Anastasie ne dit rien; mais elle regarda Bennezons. Vaincu par ce regard, aussi doux que celui d'un ange en prières, le jeune officier prit l'album, et le passant au commissaire-priseur :

— Monsieur, lui dit-il, si cette bagatelle peut trouver quelque acquéreur, je serai heureux de contribuer...

Sans lui laisser le temps d'achever sa phrase, le gros monsieur prit le livre avec la prestesse d'un chat qui gobe une souris, et montant sa voix à son diapason le plus aigu :

— Mesdames et messieurs, cria-t-il, voici un nouvel article sur lequel nous ne comptions pas, et qui sera une bonne fortune pour l'acquéreur. Un superbe album, renfermant des vues de Suisse, de Savoie et autres lieux pittoresques, ainsi que plusieurs dessins originaux de MM. Roqueplan, Devéria, Decamps, et autres célèbres artistes. Combien, messieurs, le superbe album ? 50 francs d'abord, pour rien. Monsieur de Montespard, vous qui êtes connaisseur, ceci vous regarde.

Le nouvel objet mis en vente passa de main en main, et le donateur dut être satisfait des éloges donnés à son talent ainsi qu'à sa générosité; mais les amateurs de peinture étant rares, et les femmes achetant fort peu, personne ne disputa l'album à l'ex-pair de France, qui, sur une enchère unique, en devint propriétaire pour l'humble somme de 55 francs. Assez content de faire de la bienfaisance à 1,000 pour 100 de bénéfice, le marquis se pencha vers son voisin :

— Castignon, lui dit-il en souriant, ce M. de Bennezons est probablement quelque prince déguisé. Il y a dans son album un croquis de Roqueplan qui vaut à lui seul quatre fois mon argent. Bennezons ! connaissez-vous ça ?

— Il y avait des Bennezons en Normandie, répondit le vieux gentilhomme.

— Qui; mais ils sont éteints. Celui-ci est sans doute d'une famille entée; cela se devine à cette manière de jeter l'argent par les fenêtres pour se faire honneur. Il n'est telle chère que de vilain !

— Sortons de ce coupe-gorge de charité, dit de son côté Cortail en prenant son ami par le bras. Dans l'exaltation où je te vois, si l'on te demande ton habit pour la Vendée, tu es homme à le mettre en loterie. Pardieu ! saint Martin, après tout, ne donna que la moitié de son manteau ! Un album de prix livré pour 55 francs ! et à ce vieux juif encore, qui se moque de toi en te dépouillant !

— J'avoue que mes dessins auraient pu être mieux vendus, répondit Armand un peu froissé dans son amour-propre d'artiste; mais songe qu'il s'agit de gens de notre opinion, et que leur malheur est une dette sacrée.

— Oui, les infortunes de la Vendée d'une part et les beaux yeux de ma cousine de l'autre ! Pour satisfaire ces deux créanciers, il te faudrait les appointements d'un maréchal de France, et non la solde d'un lieutenant en disponibilité. Attends du moins que tu aies repris du service ; avec tes 1,800 francs au grand complet, tu pourras faire le magnifique tout à ton aise.

— Du service ! je n'en reprendrai peut-être jamais ! répondit Bennezons d'un air pensif.

— Et pourquoi ce nouveau caprice, après la démarche que tu m'as laissé faire pour toi comme pour moi ? demanda Cortail en regardant fixement son camarade.

— Je ne sais ! Je pense que la cocarde tricolore ferait mauvais effet à mon front, aux yeux de certaines personnes.

— Passe pour les allumettes de ma tante; nous avons tous fait de ces niaiseries-là, dit Félix avec une certaine vivacité; mais, je t'en prie, pas de sentimentalités chevaleresques qui compromettent ton avenir; un homme doit chercher le guide de sa conduite en lui-même et non dans le sourire d'une femme.

Au lieu de répondre, Armand regarda mademoiselle de Chateauvieux.

IV

Le lendemain, sur le refus que fit Bennezons de l'accompagner, Cortail partit seul pour le mont Blanc.

— Je te quitte pour trois jours, dit-il à son ami en montant en voiture; d'ici là, sois raisonnable, si c'est possible; songe qu'une passion pour ma cousine ne peut te mener à rien, car elle a peu de fortune et tu ne n'en as pas. Surtout point de discussion avec le décoré de juillet. Hier au soir déjà vous vous êtes regardés à plusieurs reprises comme pourraient le faire deux coqs de combat ; vous m'avez rappelé les plaideurs de la fable se querellant pour une huître dont ils ne doivent avoir que les coquilles.

— Si Anastasie savait à quelle comparaison saugrenue je la soumets en ce moment, elle ne me le pardonnerait jamais. — Ainsi donc, pour conclusion : la paix à tout prix ! Tu comprends combien me serait désagréable une affaire où le nom de ma cousine pourrait se trouver prononcé.

Le jeune homme amoureux promit de se conformer à cette sage recommandation, mais les événements contrarièrent sa bonne volonté. Devenu, par le départ de Cortail et l'absence de tout concurrent convenable, le chevalier d'honneur de madame de Chateauvieux ainsi que de sa fille, il fit subir, deux jours durant, au républicain le supplice des rivaux malheureux. Jusqu'alors Alexandre Guibout n'avait éprouvé que les humiliations d'une passion dédaignée, il connut dès ce moment les angoisses plus poignantes encore de la jalousie. Exclus de la société légitimiste, ne pouvant par conséquent mettre le pied sur le terrain où se pavanait son adversaire, ce fut dans un état d'exaspération contenue qu'il attendit l'instant d'une revanche ou d'une vengeance. L'occasion qu'il cherchait ne tarda pas à se présenter.

Le troisième jour après le départ de Cortail, un bal eut lieu à Saint-Gervais, bal modeste, donné dans une partie de l'immense salle à manger qui se métamorphosait en salon au moyen d'une cloison mobile, comme cela se pratique chez certains restaurateurs de Paris. Trois musiciens, dont une clarinette aveugle et une femme jouant de la basse, étaient venus de Salenches pour cette fête hebdomadaire, et composaient un orchestre que les danseuses de vingt ans pouvaient seules entendre sans frémir. Dans une réunion peu nombreuse, une contredanse est, pour un homme, un moyen d'intrusion que la femme la plus aristocratique ne peut pas toujours mettre en défaut. Au bal précédent, mademoiselle de Chateauvieux s'était abstenue de danser, afin de

se soustraire à l'invitation inévitable de son importun adorateur ; cette fois, les instances réitérées de Bennezons
triomphèrent de la réserve qu'elle s'était imposée, et,
vers le milieu de la soirée, elle accepta sa main. Alexandre Guibout, qui jusqu'alors était resté immobile dans
l'embrasure d'une fenêtre, s'approcha de la jeune fille,
dès qu'elle fut revenue à sa place, et, après une profonde
révérence, lui adressa d'une voix étranglée par l'émotion,
la requête banale :

— Mademoiselle, me ferez-vous l'honneur de m'accorder une contredanse ?

En voyant venir son cauchemar, Anastasie avait re-
gardé madame de Chateauvieux assise à quelques pas
d'elle ; un regard expressif accompagné d'un mouvement
de tête horizontal lui manifesta la volonté maternelle.
Soumise à une décision conforme d'ailleurs à son désir,
elle répondit d'un air glacial par la phrase d'usage en pareille importunité :

— Je suis fatiguée, monsieur, et je ne danserai plus

Le décoré s'inclina en se mordant les lèvres jusqu'au
sang ; puis il retourna dans l'embrasure de fenêtre où il
avait élu domicile, et s'appuya de nouveau contre la boi-
serie avec la physionomie refrognée du ligueur qui figure
dans le tableau de Gérard.

Pendant quelque temps, mademoiselle de Chateauvieux fut fidèle à son excuse ; mais, à la fin, les prières
d'Armand, l'amour de la danse, et peut-être aussi un
sentiment de bravade familier à plus d'une jolie femme,
l'emportèrent sur sa résolution.

— Pourquoi ne danserais-je pas ? se dit-elle ; après
tout, ce vilain monsieur n'a pas le droit de me faire faire
tapisserie.

Sur cette réflexion, elle se leva et prit la main que
Bennezons lui offrait dans l'attitude la plus gracieusement suppliante. Au moment où ils se plaçaient au qua-
drille, Alexandre Guibout se trouva inopinément devant
eux, le visage pâle et le regard flamboyant.

— Vous ne danserez pas, monsieur, dit-il à l'officier
avec l'accent calme d'une colère concentrée.

Bennezons rougit, et ses yeux étincelèrent ; se penchant
rapidement vers son rival :

— Tout à l'heure je serai à vos ordres, lui dit-il à voix
basse ; mais, en ce moment, pas de scène, je vous en
prie ; songez qu'il s'agit d'une femme !

— En ce moment vous ne danserez pas, répéta le décoré en se croisant les bras sur la poitrine d'un air superbe.

Par un mouvement plus prompt que la pensée, mademoiselle de Chateauvieux saisit et retint avec une énergie
nerveuse la main d'Armand qui l'avait effleurée en se levant sur le provocateur. Obéissant à un instinct tout féminin, la jeune fille, malgré son trouble, avait dès le
commencement de cette scène observé son danseur. En
contemplant sa fière attitude, l'éclat de son regard, et le
fard de colère qui rehaussait l'expression de son visage,
elle le trouva beau et brave ; il lui plut. Dès lors elle eut
peur pour lui.

— Je ne danserai plus, dit-elle avec émotion en se plaçant entre les deux adversaires ; ainsi, messieurs, cette
discussion est inutile ; puis se penchant à l'oreille de Bennezons : Suivez-moi, reprit-elle tout bas d'une voix de
yrène ; je vous en conjure, — je le veux.

L'officier interpréta en sa faveur la gradation de cette
phrase commençant par une prière et finissant par un

ordre, car femme qui implore engage celui qui l'écoute,
mais femme qui ordonne s'engage elle-même. Trop
amoureux pour refuser le droit d'obéir, il scella ce pacte
muet par une pression de main qui ne trouva point de
résistance, offrit ensuite le bras à sa danseuse, et la conduisit près de madame de Chateauvieux, après avoir jeté
à l'oreille de son rival ces mots que ce dernier seul put
entendre :

— A demain !

En rentrant dans sa chambre, Armand y fut surpris
par Cortail, revenu du mont Blanc avec les trophées
ordinaires de ce pèlerinage : d'une main un long bâton
ferré, surmonté d'une corne de chamois, de l'autre un
bouquet de rhododendron cueilli pour Anastasie, mais
déjà fané à demi.

— Tu arrives à propos, lui dit Bennezons ; je me bats
demain matin avec le sieur Guibout.

Cortail enfonça la pique dans le parquet, et par un si-
mulacre de coup de poing adressé à je ne sais quel être
imaginaire, écrasa sur la table la touffe de rhododendron
dont les fleurs roses jaillirent aux quatre coins de la
chambre.

— Je l'aurais parié, s'écria-t-il d'une voix tonnante ;
mais voyons, de quoi s'agit-il ?

— L'homme propose et Dieu dispose, répondit Armand, et il raconta l'événement du bal avec l'impartialité
d'un homme d'honneur prêt à en appeler à son épée,
juste par conséquent, même pour son adversaire.

— Ma tante est une folle avec sa morgue insupportable, dit Félix, qui avait écouté très-attentivement ce récit ;
Anastasie est une étourdie, maître Guibout un brutal, et
toi, tu es une espèce d'Amadis plus ridicule que tout le
reste. Ce duel n'aura pas lieu.

— Mais je suis insulté, et ta cousine aussi, cria Bennezons.

— Je te dis que vous ne vous battrez pas. Une femme
est toujours compromise par un duel dont elle est la
cause, même involontaire. Si Anastasie a été insultée,
comme tu le prétends, cela me regarde seul. Tu n'es ni
son mari, ni son frère ; tu n'as donc aucune qualité pour
prendre sa défense. Tu ne peux te déclarer son chevalier
sans nuire à sa réputation, cela est évident. Le monde ne
pardonne pas ce qui blesse ses convenances. Ces dames,
avec leurs idées héroïques, peuvent se croire au-dessus
du ridicule, mais moi je le crains pour elles, et, tant que
cela sera en mon pouvoir, je l'éloignerai d'Anastasie, qui
est bonne, quoique gâtée par sa mère. C'est donc en son
nom que je te demande de m'autoriser à terminer cette
affaire à l'amiable avec le héros de juillet.

A cette proposition Bennezons se révolta et répondit
par un refus ; puis il discuta, puis enfin, cédant à la considération toute-puissante de la réputation d'Anastasie,
intéressée à un dénoûment pacifique, il consentit à ce
que lui demandait son ami, qui, de son côté, lui jura de
se conduire dans cette affaire comme il l'eût fait pour
lui-même.

Le lendemain matin, Cortail alla frapper à la porte du
décoré de juillet, qui, en le voyant entrer, prit un air solennel.

— Monsieur, lui dit l'officier de la garde en s'asseyant
avec une aisance militaire, entre gens d'honneur les pé-
riphrases sont superflues. M. de Bennezons m'a raconté
ce qui s'est passé hier au soir. Je viens donc ici en son
nom, et au mien avant tout. Je suis le cousin de made-

moiselle de Chateauvieux; c'est moi, par conséquent, qui aurai l'honneur de me battre avec vous d'abord, si nous ne nous accordons pas; moi tué ou blessé, vous vous arrangerez ensuite avec Bennezons comme il vous plaira. Or, je ne tiens pas du tout à votre sang; tenez-vous beaucoup au mien ?

— Je vous ferai observer que ceci est une affaire personnelle entre M. de Bennezons et moi, dit Alexandre Guibout, d'un ton grave.

— Permettez-moi de vous faire observer à mon tour, reprit Cortail, que ma cousine se trouve en tiers dans cette discussion. Comme elle n'a pas d'épée, c'est à moi de prendre sa place; et, puisqu'en France nous cédons toujours le pas aux femmes, c'est à moi, son représentant, de passer le premier; ceci me paraît sans réplique. Maintenant, je dois vous faire une autre observation. La prétention d'empêcher une femme de choisir ses danseurs n'a cours que dans la société vulgaire. Mademoiselle de Chateauvieux n'a donc blessé personne en ne se conformant pas à un usage inconnu dans le monde où elle a été élevée. Tout le reste vient de ce premier malentendu, et les choses n'ont pas été assez loin pour rendre un arrangement impraticable. J'ai assez d'expérience de ces sortes d'affaires pour penser qu'une conclusion pacifique est possible, en laissant sauf et intact l'honneur de chacun. Hier au soir, j'ai convaincu de cela Bennezons, qui a consenti à me donner plein pouvoir pour traiter avec vous. J'attends de vous une raison égale à la sienne. Ma parenté avec mademoiselle de Chateauvieux doit justifier suffisamment à vos yeux mon désir de maintenir la paix. C'est donc la paix que je vous offre. Bref, continua Félix avec cette bonhomie qui sied aux courages éprouvés, vous êtes Français, je suis Français, Bennezons aussi : ne pensez-vous pas que l'affaire peut s'arranger ?

A cette ouverture inattendue, Alexandre Guibout répéta d'abord presque mot pour mot les objections faites la veille par Armand; mais subjugué peu à peu par la franchise du négociateur, voyant d'ailleurs que son amour-propre se trouvait à couvert, puisque la démarche conciliatrice venait de ses adversaires, réfléchissant enfin qu'un duel ne ferait que servir son rival, il finit par consentir à ce que l'affaire n'allât pas plus loin. En rentrant chez son ami, Cortail lui apprit que tout était terminé.

<h2 style="text-align:center">V</h2>

La scène du bal était devenue l'entretien de toute la société réunie à Saint-Gervais, et chacun en attendait le résultat avec une impatience mêlée d'anxiété. Les deux adversaires n'ayant pas paru dans la matinée, le bruit courut qu'ils s'étaient allés battre dès le point du jour. Troublée par cette nouvelle, Anastasie ne voulait pas sortir de sa chambre; mais au son de la cloche du déjeuner, madame de Chateauvieux, craignant que cette retraite ne donnât lieu à de malveillantes interprétations, la força de paraître à table. L'héroïne du duel entra dans la salle à manger d'un pas mal assuré, le visage couvert d'une languissante pâleur, qui l'embellissait encore. En se mettant à sa place, la première personne qu'elle aperçut fut Alexandre Guibout, l'œil sombre et fixé sur elle comme de coutume. A cette vue elle se laissa tomber sur sa chaise, car elle crut Bennezons tué, et le couteau que

brandissait le décoré dans un but très-inoffensif lui parut une épée teinte de sang. Cependant, avant de s'évanouir, elle eut la présence d'esprit de jeter un regard vers le bas de la table; son cœur près de saigner se ferma soudainement à la vue de l'homme pour qui elle tremblait, assis tranquillement à sa place accoutumée, mangeant d'un appétit de chasseur, et jouissant en apparence de la meilleure santé du monde. De son côté, madame de Chateauvieux avait éprouvé les mêmes appréhensions et fait les mêmes remarques. La mère et la fille échangèrent un de ces regards confidentiels dont elles avaient l'habitude, puis, par une sorte de sympathie mystérieuse, leurs physionomies prirent au même instant une expression froide et réservée. La présence simultanée des adversaires, tous deux bien portants et paraissant en intelligence pacifique, sinon cordiale, avait excité parmi les baigneurs et surtout parmi les baigneuses un tel désappointement, que plusieurs, par distraction, oublièrent de déjeuner. Des œillades entre-croisées d'un bout de la table à l'autre, des signes d'intelligence, des chuchoteries partielles, présagèrent un orage qui ne tarda pas à éclater. Après le repas, la société, jusqu'alors contenue par la présence des parties intéressées, se divisa en plusieurs coteries selon son usage; et dans chacune d'elles fut agitée incontinent la question suivante :

— M. de Bennezons doit-il se battre avec M. Guibout ?

Sauf quelques malades à demi morts et par conséquent fort attachés à la vie, cette question fut résolue par une affirmation unanime; les femmes surtout, dont la vaillance éclate d'autant plus en paroles qu'elles sont moins exposées à en faire usage, trouvèrent la conduite du jeune officier inexplicable; quelques-unes même, plus exigeantes en fait d'héroïsme, l'expliquèrent par les suppositions les moins bienveillantes. Puis la politique survint, qui compliqua le débat en l'aggravant. Peu à peu ce tribunal impromptu de juges du point d'honneur ne vit plus dans les parties soumises à son enquête deux jeunes gens amoureux de la même femme, mais bien deux adversaires rangés sous des bannières ennemies: d'une part, un officier de la garde royale; de l'autre, un décoré de juillet; un gentilhomme en face d'un bourgeois; la légitimité, en un mot, aux prises avec le gouvernement des barricades. Arrivée à ce point, la discussion devint une tempête à peine comprimée par le savoir-vivre que la bonne compagnie ne viole jamais. La société royaliste se trouva blessée tout entière dans la personne d'un de ses membres et frappa d'une réprobation sans pitié le champion dont la main laissait vaciller son drapeau.

— Castignon, dit à son contemporain le marquis de Montespard en se prononçant un des premiers, dans notre temps nous ne savions pas manier le pinceau, mais nous tenions l'épée d'assez bonne grâce; nous ne possédions pas les talents des jeunes gens d'aujourd'hui, mais aussi nous n'avions pas leur longanimité. Vous rappelez-vous mon duel avec Cursy pour un œillet qu'avait laissé tomber madame de Grigneuse? L'œillet me resta.

— Et un coup d'épée avec l'œillet, répondit M. de Castignon. Je m'en souviens à merveille. Ce jeune Bennezons est vraiment d'une patience angélique; on devrait attacher à son épée le billet que nous collâmes au sabre de ce pauvre Laromière après l'attaque des lignes de Weissembourg, et sur lequel un de nous avait écrit: Homicide point ne seras !

— Je serais curieux de connaître celui qui se chargerait d'écrire un pareil billet, dit Cortail en passant brusquement sa tête entre celles des deux interlocuteurs.

Le vétéran de l'armée de Condé se redressa de toute la hauteur de sa taille, et fixant sur l'officier un regard sérieux :

— Celui-là, monsieur, lui dit-il froidement, ce sera moi s'il en est besoin. Lorsque les jeunes gens adoptent la prudence des vieillards, c'est aux vieillards de rajeunir.

Le marquis de Montespard prévint la réponse de Cortail.

— Mon cher Félix, lui dit-il d'une voix douce, ne vous faites pas le défenseur d'une mauvaise cause. Quelle que soit votre amitié pour M. de Bennezons, il est impossible que vous ne soyez pas de notre avis.

— J'en suis si peu, répondit le jeune homme avec vivacité, que c'est moi qui l'ai empêché de se battre !

— Alors, monsieur, tant pis pour lui et tant pis pour vous, reprit le vieux M. de Castignon d'un ton sévère ; et, lui tournant le dos, il alla s'asseoir à l'autre extrémité de la chambre.

En voyant Félix près de s'emporter, le marquis le retint par le bras.

— Castignon a raison, lui dit-il ; à l'âge de votre ami, une démarche équivoque est irréparable ; il faut qu'il se batte, et ce soir plutôt que demain.

Resté seul au milieu du salon, Cortail prit la pose du lion *quærens quem devoret*, et promena tout autour de lui un regard qui semblait chercher un adversaire à pourfendre. N'ayant aperçu que des vieillards ou des femmes, il haussa les épaules, et sortit lentement. Près de la porte, en passant devant un groupe de jeunes filles, il entendit une discussion fort animée ; une d'elles, charmante enfant de quinze ans, froissait avec dépit sa ceinture verte, semée de fleurs de lis, et disait d'une petite voix vibrante qui rappelait à l'esprit une flûte jouant un solo de trompette :

— Oui, si j'étais un homme, cela ne se serait pas passé ainsi. Maman dit qu'autrefois on aurait envoyé une quenouille à ce M. de Bennezons. Combien je regrette d'avoir dansé avec lui !

Cortail n'en écouta pas davantage, et ne fit qu'un saut du salon à la chambre d'Armand. Il trouva son ami assis devant la fenêtre dans une attitude mélancolique.

— Peux-tu me dire ce que j'ai fait à ta tante et à ta cousine ? dit le jeune amoureux en le voyant entrer ; hier encore elles étaient si aimables pour moi ! aujourd'hui, elles me traitent avec une froideur inexplicable.

— Je vais te l'expliquer, répondit Félix d'un ton brusque : on trouve que tu aurais dû te battre.

Bennezons se leva d'un bond, les joues couvertes d'une rougeur subite :

— N'est-ce pas toi qui m'en as empêché ? s'écria-t-il d'une voix éclatante.

— C'est ce que j'ai dit, mais ils ont tous la tête à l'envers, depuis le vieux Castignon, qui prend des poses de capitan, jusqu'à la petite Lucile de Marillan, qui parle de t'envoyer une quenouille. Ne saute pas au plafond ! tu te battras, je me battrai, nous nous battrons tous ! Le premier individu valide qui me tombe sous la main est sûr de me payer les sottises que je viens de subir. Je vais trouver le décoré, qui me paraît un bon garçon ; et demain, au point du jour, nous en découdrons ; aujourd'hui, il est trop tard.

En apprenant ce changement inattendu, Alexandre

Guibout l'adopta sans observation et racola pour témoin un commis voyageur français, égaré à Saint-Gervais depuis deux jours, dont il conquit l'amitié en lui payant un bol de punch. Le lendemain matin, les quatre jeunes gens se rencontrèrent dans un sentier écarté. Sans autre discussion, les adversaires mirent l'habit bas et l'épée à la main. La veille, livrés à leur volonté personnelle, ils se seraient battus avec l'ardente animosité qu'éprouvent l'un contre l'autre deux rivaux. En ce moment, refroidis par l'obligation qui leur était imposée, et obéissant à un instinct de contradiction naturel à l'homme, ils s'attaquèrent mollement, d'une manière retenue, propre à éterniser le combat. A la fin, ces tâtonnements sans résultat impatientèrent Cortail, qui sur le terrain oubliait ses principes pacificateurs.

— Jetez-moi donc un cigare, cria-t-il au commis-voyageur, placé en face de lui ; j'aurai le temps de le fumer avant que ces messieurs en finissent.

A ces mots, les deux combattants prirent feu comme deux coursiers généreux piqués par le fouet du cocher. De languissante qu'elle était, la lutte devint vive et sérieuse. Un moment plus tard, après une parade tardive, Bennezons reçut dans le bras droit un coup qui laboura la chair au lieu d'y pénétrer profondément, et fit jaillir le sang en abondance. En se sentant blessé, l'officier serra son épée avec un redoublement d'énergie, et se précipita sur son antagoniste ; mais son fer fût aussitôt rabattu par la canne de Cortail, qui, en même temps, arrêta du geste l'autre combattant.

— SUFFICIT, dit le témoin du blessé. Maintenant, si l'armée de Condé n'est pas contente, c'est moi qui me charge de la satisfaire. Voilà une blessure qui se comporte à merveille ; du sang et rien de dangereux.

Avec la dextérité d'un homme habitué à pareilles affaires, il fendit de l'épaule au poignet la redingote d'Armand, et lui banda le bras, qu'il ajusta dans une cravate noire nouée autour du col. Les deux couples se séparèrent ensuite avec une mutuelle politesse, et revinrent aux bains de Saint-Gervais par des sentiers différents. En approchant de la maison, Cortail aperçut plusieurs têtes de femmes aux fenêtres de la façade, et reconnut, entre autres, madame de Chateauvieux, assise près d'Anastasie sur le balcon de leur appartement.

— Donne-moi le bras, et marchons lentement, dit-il alors à son ami. Puisque tu as eu la sottise de te laisser blesser, il faut du moins en tirer parti et te rendre intéressant. C'est dommage que tu ne sois pas plus pâle.

Le retour de Bennezons fut un triomphe. En apercevant l'écharpe noire qui lui soutenait le bras, toutes les femmes se penchèrent aux fenêtres et sourirent au courage malheureux. La petite Marillan déclara qu'elle lui rendait son estime, et qu'elle danserait désormais avec lui six contredanses par bal, s'il l'exigeait. Du haut de son balcon, madame de Chateauvieux agita son mouchoir, geste à l'usage des femmes chevaleresques. Enfin, Anastasie détacha d'un bouquet qu'elle tenait à la main une rose qui vint tomber aux pieds de son champion. Seul, au milieu de cette ovation, le marquis de Montespard, dont la secrète jalousie ne pardonnait pas au jeune officier le succès de sa blessure, essaya le cri satirique que les insulteurs romains faisaient entendre aux triomphateurs du Capitole.

— Ce jeune guerrier, dit-il à madame de Chateauvieux, manie mieux le pinceau que l'épée.

Mais ce trait fut perdu, et la femme de quarante-six ans, entraînée par l'émotion du moment, envoya son domestique chercher Cortail.

— M. de Bennezons, dit-elle à son neveu, m'avait promis un Shakespeare, dont il fait son compagnon de voyage; pensez-vous qu'il aurait la complaisance de me l'apporter?

Félix sortit en souriant; un moment après il amena le héros du jour, qui s'avança d'un air modeste, en tenant, avec une gaucherie touchante, son chapeau et Shakespeare de la main gauche.

— J'avais envie de relire *les Deux Gentilshommes de Vérone,* lui dit madame de Chateauvieux de l'air le plus gracieux; mais, maintenant, je puis m'en dispenser, puisque j'ai sous les yeux un véritable gentilhomme.

En prononçant cette phrase prétentieuse, la femme chevaleresque tendit au jeune officier une main un peu sèche, qu'il baisa respectueusement, ainsi que c'était son devoir.

— Anastasie, reprit madame de Chateauvieux en se tournant vers sa fille qui se tenait à l'écart, ne devez-vous pas aussi une récompense à votre défenseur?

La jeune fille s'avança, les yeux baissés, la rougeur au front, et resta devant l'officier, dans l'attitude pudiquement attrayante d'une femme qui n'ose offrir le prix qu'on attend d'elle, mais qui semble prête à l'accorder; le ridicule est contagieux de sa nature; ce fut donc en ployant le genou que Bennezons pressa sur ses lèvres la main blanche et satinée qu'il n'avait baisée qu'en rêve jusqu'alors; tandis que dans l'embrasure de la fenêtre, son prosaïque ami protestait par un sourire moqueur contre cette scène imitée du siècle d'Amadis.

<h2 style="text-align:center">VI</h2>

La blessure ou plutôt l'écorchure au romanesque Bennezons fit faire à sa passion une de ces gigantesques enjambées qui placent un jeune homme amoureux en dehors des règles ordinaires.

— Mon cher ami, dit-il à Cortail quelques jours après le duel, tu es mon confident naturel; ainsi, écoute-moi. J'aime ta cousine; ne souris pas, je te le répète, j'adore ta cousine, et, d'un autre côté, je crois que mademoiselle Anastasie n'a pas d'aversion pour moi. Tu connais ma fortune, ma naissance, et, avant tout, mon caractère; veux-tu parler en ma faveur à madame de Chateauvieux?

— Je demande l'ordre du jour, car j'ai à t'entretenir d'une autre affaire, répondit Félix; voici une lettre que je viens de recevoir et que m'adresse le général Amirauld. Elle m'annonce que je suis nommé chef de bataillon au 39e, et toi capitaine au 7e léger. Discutons la question militaire avant de nous occuper de la question matrimoniale.

— Ces deux questions doivent marcher de front, répondit Armand; cette nomination améliore sans doute ma position financière, mais mon désir d'entrer dans la famille de madame de Chateauvieux me fait un devoir d'obtenir son approbation avant tout. Depuis quelques jours ta tante me témoigne beaucoup de confiance; elle m'a parlé de plusieurs choses propres à me faire croire que ma rentrée au service serait vue par elle de mauvais œil. Il est question d'une prise d'armes dans la Vendée.

Notre place à nous autres royalistes est là, et non sous le drapeau tricolore; mademoiselle Anastasie me le disait hier encore avec une éloquence que je ne puis reproduire. Tu vois donc ma position, tu me connais d'ailleurs comme je me connais moi-même, et peut-être mieux; ainsi, sois mon ambassadeur.

Fidèle à son amitié pour Armand, Cortail accepta la mission dont il était chargé; mais à la première ouverture, madame de Chateauvieux, qui gardait rancune au plénipotentiaire, l'interrompit en lui disant d'un ton bref:

— M. de Bennezons peut s'adresser à moi sans intermédiaire.

Cette réplique ne repoussait que le négociateur; aussi, le soir même, l'amant se trouvant seul avec la mère d'Anastasie, lui adressa une demande formelle, à laquelle la femme chevaleresque répondit en ces termes:

— M. de Bennezons, ce que vous venez de dire m'honore ainsi que ma fille; mais je vous dois une déclaration sans arrière-pensée. Votre fortune est médiocre, la nôtre aussi; votre naissance est bonne, la mienne aussi; et sans être illustre, celle de M. de Chateauvieux se peut avouer. Vous aimez Anastasie; je vous le dirai naïvement, Anastasie n'éprouve aucune répugnance à vous donner sa main. Mais, monsieur Armand, à l'époque où nous vivons, il est une chose qui doit dominer toutes les questions d'arrangement, d'intérêt ou de sentiment; cette chose, c'est l'honneur. Chacun, je le sais, explique ce mot à sa guise. Ma fille et moi l'interprétons par la constance dans les principes, par l'inviolabilité du serment, par une fidélité sans tache qui peut paraître un anachronisme à mon cousin, M. de Cortail, mais qui nous semble à nous la première qualité d'un gentilhomme, la vertu sans laquelle les autres ne sont rien. En un mot, nous avons la religion du malheur, et nous ne pouvons en tolérer une autre chez nos amis: jamais un homme au service du gouvernement actuel ne sera le mari d'Anastasie.

— Madame, répliqua Bennezons d'un ton chaleureux, Cortail a dû vous dire que j'étais prêt à déchirer mon brevet; ma rentrée au service était dictée par une raison en désaccord avec mes sentiments; du moment que votre désir m'est connu, mon indécision cesse. C'est l'officier de l'ex-garde qui est devant vous, et non le soldat du roi Louis-Philippe.

Madame de Chateauvieux secoua la tête en souriant.

— C'est déjà bien, dit-elle; mais il faudrait encore mieux. Nous autres femmes, nous sommes plus exigeantes ou plus raffinées que vous en fait de dévouement. S'abstenir ne nous suffit pas.

La foi qui n'agit pas, est-ce une foi sincère?

dit Joad dans *Athalie;* nous sommes de l'avis de Joad. Rejeter la cocarde ennemie n'est pas tout pour un homme; il faut qu'il sache arborer la sienne. Une prise d'armes dans la Vendée est imminente. Madame, qui est en ce moment à Massa, doit débarquer d'un moment à l'autre à Marseille, et le coup sera électrique; le temps des Clorinde est passé, et nous ne pouvons, ma fille et moi, prendre part à la lutte près de s'engager; mais il est juste que nous réservions, pour ceux qui combattront, les récompenses dont nous pouvons disposer. Anastasie partage mes sentiments sur ce point. L'homme qui aspire à sa main doit s'en montrer digne; en un mot, monsieur de Bennezons, c'est par la Vendée qu'il faut passer pour conduire ma fille à l'autel.

A cette tirade de mélodrame héroïque, Armand répliqua d'une voix vibrante :

— Madame, je pars demain pour la Vendée ; avez-vous des ordres à me donner ?

— Bien, monsieur, répondit d'un air fort noble la mère d'Anastasie, je vois qu'en vous jugeant digne de vous associer à nos efforts je ne m'étais pas trompée, et je suis heureuse de vous trouver tel que je le désirais. Quelques lettres que j'ai pris l'engagement de faire parvenir par une main sûre, et dont vous voudrez bien vous charger, vous assureront une réception fraternelle chez nos amis ; ce sera d'ailleurs un premier service que vous rendrez à notre cause. Partez donc, monsieur, et soyez sûr que nos vœux bien sincères vous accompagneront dans ce voyage de dévouement. Vous reviendrez bientôt, je l'espère, à moins que des circonstances impossibles à prévoir ne vous retiennent ; mais enfin vous reviendrez un jour, vous nous retrouverez à Genève, et vous verrez alors que nous ne sommes pas ingrates.

A cette promesse, qui lui laissait tout espérer, le jeune enthousiaste s'inclina, et baisa, pour la seconde fois, la main que lui tendait sa future belle-mère.

— On a, je crois, arrangé pour aujourd'hui une promenade à cheval sur les bords de l'Arve, reprit madame de Chateauvieux, après un instant de réflexion et avec un demi-sourire ; je suis un peu souffrante et je ne pourrai pas y prendre part, mais Anastasie ne voudra pas sans doute renoncer à ce petit plaisir. Si vous y allez, je vous prie de veiller sur elle, car elle est parfois d'une témérité qui m'effraye, et j'ai toute confiance en vos talents d'écuyer.

C'était un tête-à-tête, sous la sauvegarde publique il est vrai, qu'octroyait aux amants l'indulgence maternelle. La veille d'un départ a des priviléges devant lesquels fléchissent les rigueurs même de la pruderie. D'ailleurs, madame de Chateauvieux n'était pas prude ; ainsi que toutes les femmes qui montent à cheval, elle se trouvait un peu au-dessus de cette vertu de ménage. L'austérité de ses principes annonçait moins de conviction personnelle que de soumission aux mœurs de la société où elle vivait. Plus sévère d'esprit que de cœur, elle eût blâmé dans une faute la forme avant le fond, le péché moins que l'inconvenance. L'entretien, devant témoins de sa fille et d'Armand lui parut donc sans inconvénients ; peut-être pensa-t-elle qu'à une aventure en si bon train de devenir chevaleresque une scène indispensable manquerait si elle ne ménageait pas aux deux amants cette entrevue d'adieux !

Bennezons comprit ce qu'avaient de bienveillant pour lui les dernières paroles de son interlocutrice, mais il renferma dans son cœur une partie de sa reconnaissance. Il est des bienfaits qui ne veulent pas de remercîments.

L'heure de la promenade étant venue, le futur Vendéen se plaça près d'Anastasie. Tous deux cheminèrent quelque temps sans se rien dire, soit qu'une pensée commune les rendît muets soit que l'épanchement de leur tristesse se trouvât gêné par les importuns dont ils étaient entourés. Mais bientôt, à l'endroit où se trouve le confluent du Bonnant et de l'Arve, le chemin, en s'élargissant, permit à la cavalcade de rompre le peloton qu'elle avait formé jusqu'alors. Les promeneurs se dispersèrent peu à peu sur la rive gauche du torrent, chacun adoptant l'allure qui lui convenait le mieux. Par un accord tacite, en voyant leurs compagnons presser le pas, mademoiselle de Chateauvieux et son voisin retinrent la bride de leurs chevaux et restèrent en arrière, obéissant ainsi à l'instinct des amants qui, à la promenade, s'arrangent toujours de manière à être les derniers.

Contre son habitude, Anastasie semblait vouée au silence. Suivant avec une souplesse machinale les mouvements assez rudes de sa monture, elle regardait fixement devant elle et ne détachait pas ses yeux du ruban argenté que l'Arve déroulait au milieu de la vallée. Un faux pas de cheval la surprit dans sa rêverie et l'eût désarçonnée si le bras d'Armand ne se fût trouvé là pour la soutenir.

— Je vous ai fait peur, lui dit-elle en le remerciant par un sourire ; d'ordinaire je ne suis pas si maladroite, mais aujourd'hui je ne sais à quoi je pense.

— A la rivière, peut-être, répondit Bennezons qui, par une injustice commune aux amants, s'était senti blessé de la préoccupation de la jeune fille au lieu de l'interpréter en sa faveur.

— Vous avez deviné, reprit mademoiselle de Chateauvieux en le regardant d'un air doucement triste, mon imagination voyageait en effet sur cette eau rapide à donner le vertige...

— Rapide comme les jours de bonheur, dit Armand avec mélancolie.

— Puis-je vous dire ma pensée secrète ? Je songeais que dans quelques heures cette eau que nous voyons ici se versera dans la mer, près de Marseille, et j'enviais son sort.

— Ah ! vous aimez Marseille ?

— N'est-ce pas là que Madame doit débarquer ? répondit Anastasie avec un accent de reproche. Si monsieur de Montespard n'eût pas comprimé par ses conseils la généreuse résolution de ma mère, nous serions déjà parties. Ah ! les hommes sont heureux de pouvoir suivre les inspirations de leur conscience, sans que de misérables considérations viennent glacer leur élan et les enchaîner aux frivolités d'une vie inutile. Tous les devoirs glorieux nous sont interdits à nous autres femmes. Les mœurs sont d'accord avec les lois pour amoindrir notre existence ; qu'une de nous voie dans ses rêves une épée, le ridicule ramasse l'aiguille qu'elle laisse échapper et l'en déchire sans pitié. Pourtant Jeanne d'Arc était femme !

Anastasie leva au ciel un regard inspiré qu'elle abaissa ensuite sur son amant avec une gracieuse résignation.

— On a pu nous interdire le combat, reprit-elle ; mais ce qu'on ne nous ôtera jamais, c'est le droit de prier pour les soldats de notre cause.

— Vous prierez donc pour moi ? s'écria le nouvel enrôlé d'un ton plein d'exaltation.

— Pour tous, dit gravement mademoiselle de Chateauvieux ; puis, comme si la froideur de cette réponse lui eût fait éprouver un remords : la prière pour tous, reprit-elle, la pensée pour un seul.

Après cet aveu, la jeune fille essaya de mettre son cheval au galop ; mais Armand, se penchant rapidement, le retint par la bride.

— Je vous en supplie, s'écria-t-il, soyez généreuse et ne vous reprochez pas le bonheur que j'éprouve. Je pars demain ; j'ai besoin de courage ; où en trouverai-je si vous détournez les yeux ? Anastasie, déjà j'ai avoué à madame de Chateauvieux ce que j'oserais à peine vous répéter à vous-même. Votre mère m'a accueilli avec trop de bonté pour que je murmure contre les conditions qu'elle m'impose. Oui, sans doute, plus le prix auquel on aspire est précieux, plus il exige d'efforts de celui qui l'ambitionne; je me soumets à cette loi dont mon cœur reconnaît la justice quoiqu'il en souffre. Je pars demain pour la Vendée; peut-être n'en reviendrai-je pas!

— Vous reviendrez, répondit Anastasie en fixant sur son amant un regard plein d'aveux et d'espérances.

— Peut-être! reprit Armand avec un pressentiment mélancolique; mais si je ne dois plus vous revoir, n'emporterai-je rien qui me rappelle mon bonheur d'aujourd'hui? En mourant, Bayard baisa la croix que formait le pommeau de son épée: il avait de la foi, je n'ai que de l'amour; si je suis tué, qui recevra mon dernier adieu?

— Tué! dit la jeune fille en pâlissant.

Elle resta quelque temps irrésolue; puis, cédant à un irrésistible entraînement du cœur, elle ôta de son doigt une bague d'argent d'une forme bizarre qu'elle avait achetée à Genève deux mois auparavant, et la glissa dans la main de Bennezons. Le jeune homme porta l'anneau à ses lèvres dans un ravissement muet qui, peut-être, lui troubla momentanément la vue; car, sans que le cheval d'Anastasie eût renouvelé son faux pas, il avança le bras comme pour la préserver d'une chute et la retint ainsi, pressée contre son cœur, tout en marchant, tant que dura le feuillage d'un bouquet de saules qui dérobait les deux amants aux regards des autres promeneurs.

Le galop d'un cheval qui se fit soudainement entendre derrière eux termina cette mutuelle extase par un mouvement simultané, les amants s'éloignèrent l'un de l'autre; Armand se pencha pour rajuster un de ses étriers qui était en fort bon état, tandis que mademoiselle de Chateauvieux s'approchait d'un des saules dont elle cassa une branche quoiqu'elle eût déjà une cravache. Bien leur prit toutefois de s'être prudemment séparés. Un homme qui se ruait sur eux à fond de train passa outre emporté par son cheval qui trouva le chemin libre; mais cette furieuse galopade fit jaillir du terrain détrempé depuis plusieurs jours par la pluie, un flot de boue liquide dont quelques gouttes atteignirent la robe d'Anastasie; au même instant l'insolent cavalier se retourna sur sa selle et montra au couple stupéfait la figure mélodramatique d'Alexandre Guibout. Justement courroucé de cette provocation grossière, Bennezons piqua des deux pour se mettre à la poursuite de son rival. Plus prompte encore, sa jolie fiancée lui barra le chemin en étendant devant lui, comme un symbole de paix, la branche de saule qu'elle venait de cueillir.

— Je vous défends d'adresser un seul mot à cet homme avant votre départ, lui dit-elle en usant de l'empire qu'une femme reçoit de l'Amour; c'est assez, c'est trop de vous être déjà compromis une fois avec lui. Songez que votre épée ne peut plus appartenir à une querelle particulière.

— Mais c'est vous que ce drôle a insultée, répondit Armand qui tourmentait son cheval pour épancher sa colère.

— Eh bien! je lui pardonne. Qu'est-ce d'ailleurs qu'une pareille offense? Dans les rues de Paris un cabriolet m'aurait plus mal arrangée. Deux coups de brosse et l'on n'y verra rien. Allons, laissez en paix cette pauvre bête qui

n'est nullement coupable de l'impolitesse de ce monsieur, et répondez-moi: Ne me disiez-vous pas tout à l'heure que j'avais toutes vos pensées? Vous occuper d'un autre quand je vous parle, c'est m'avouer que vous me trompiez.

— Vous tromper, Anastasie!

— Il n'est qu'un moyen de vous faire croire.

— Lequel? Parlez, je vous en conjure. Que faut-il faire?

— M'obéir.

— Toujours! N'êtes-vous pas mon ange protecteur? ma reine adorée? Cet anneau, qui ne me quittera qu'à la mort, n'est que le premier d'une chaîne invisible, dont l'extrémité reste en votre main et me rend ainsi votre éternel esclave.

Ramenée à son premier sujet, la conversation ne l'abandonna plus, et, au milieu de lieux communs toujours nouveaux pour les amants quoique répétés mille fois, le décoré de juillet finit par être complétement oublié.

VII

Pendant le reste de la journée la conduite d'Armand à l'égard de madame de Chateauvieux et de sa fille offrit autant de réserve qu'il lui avait été permis de mettre d'abandon dans l'entretien autorisé par sa future belle-mère. La surveillance, on pourrait dire l'espionnage de la société réunie à Saint-Gervais, exigeait de lui cette prudence, et si son cœur en souffrit, il dut se consoler en se rappelant la compensation qu'il venait d'obtenir. Assis à l'écart dans un coin du salon, tandis qu'Anastasie brodait le plus mélancoliquement du monde près de la table à ouvrage, un doux regard échangé rapidement était le seul témoignage qu'osât risquer leur tendresse. Malgré cette mutuelle discrétion, leur intelligence secrète fut remarquée de Cortail, qui observait avec une sorte de sollicitude paternelle les progrès de la passion de son ami. L'officier quitta la table d'écarté où il s'était fait battre par M. de Montespard et vint s'asseoir à côté d'Armand.

— A qui en as-tu avec ta physionomie douloureuse? lui dit-il; tu as l'air de poser pour un martyr de saint Sébastien. Et puis tu as contracté depuis ce matin un nouveau tic: que signifie cette manière de te baiser la main à chaque instant en regardant ma cousine? si c'était la sienne, je comprendrais.

Tout en parlant, Cortail continuait ses observations; un mouvement involontaire de son ami lui fit apercevoir l'anneau d'argent dont celui-ci avait sentimentalement orné son petit doigt, le seul où d'ordinaire un homme puisse placer la bague qu'a portée la main mignonne de sa maîtresse.

— Hum! fit le cousin d'Anastasie à cette découverte inattendue, en sommes-nous là? Je sais depuis longtemps que ma tante est folle; mais je ne la croyais pas aveugle. Si j'avais prévu cela, c'est moi qui aurais fait le métier de duègne, sacrebleu!

— Ne te fâche pas, mon cher Félix, répondit l'amant en rougissant malgré lui.

— Et tu lui as sans doute donné aussi quelque brimborion dans le même genre?

— Quand je me permettrai d'offrir une bague à ta cousine, c'est madame de Bennezons qui la recevra.

— A la bonne heure! Si cela arrange tout le monde,

je ne demande pas mieux que de t'avoir pour cousin. Mais, en attendant, vous êtes deux enfants, trois enfants, dirais-je sans le respect que je dois à la maturité de ma tante. Allons, voilà que tu suces encore ton doigt ? Veux-tu bien me faire le plaisir de mettre tes gants. Toutes les femmes qui sont ici ont vu cette bague à la main d'Anastasie ; si l'on savait que tu en es devenu propriétaire, ce serait demain un *tolle* universel, qui nous obligerait peut-être tous deux à mettre encore flamberge au vent, et tu sais qu'il n'est rien au monde que je déteste comme un duel à propos de jupes.

Armand reconnut la justesse de l'observation et s'y conforma malgré l'aimant qui attirait sans cesse son doigt à ses lèvres. Madame de Chateauvieux et sa fille s'étant retirées un moment après, il se leva, non pas pour leur parler, ses adieux étaient faits, mais pour obtenir un dernier regard. Cette faveur lui fut refusée, car ce moment était un de ceux où le monde fait sentir son despotisme aux cœurs sensibles. Règle générale : la femme la plus passionnée ne se retourne jamais en sortant d'un salon, et n'a plus d'yeux pour son amant, à dater de l'instant où elle a remis son châle ou son boa.

Sans prévenir son ami, dont il redoutait la raison désenchanteresse, Armand avait déjà demandé une voiture pour le lendemain matin. En rentrant dans sa chambre il acheva ses préparatifs de départ avec la consciencieuse ponctualité d'un homme pour qui tout engagement est sacré. Il était à genoux devant sa malle, lorsque la porte s'ouvrit ; Cortail parut sur le seuil, en robe de chambre et un bougeoir à la main : à la vue des hardes éparses sur toutes les chaises, il resta un instant immobile.

— Où vas-tu ? dit-il enfin sévèrement comme Guillaume Tell à Arnold.

Évidemment contrarié de cette visite, Bennezons se leva et referma la porte ; puis s'arrêtant devant son ami et le regardant fixement à son tour :

— Je vais en Vendée, répondit-il d'un ton froid.

L'officier se mordit les lèvres et posa le bougeoir sur la cheminée, si rudement qu'il sembla vouloir l'y briser.

— Je sais ce que tu peux me dire sur un pareil sujet, reprit Armand avec vivacité pour couper court à toute remontrance ; je te préviens que ma résolution est prise et que rien au monde ne m'en fera changer. Je pars au point du jour ; si tu n'as pas plus envie de dormir que moi, je vais faire monter du punch et nous passerons le reste de la nuit ensemble. Qui sait si nous retrouverons jamais l'occasion de boire à notre santé ?

— Ainsi tu partais sans me dire adieu, reprit Félix, que laissait froid la gaieté factice de son compagnon.

— J'allais t'écrire ; les adieux de vive voix sont une triste chose qu'il est raisonnable d'éviter.

— Les as-tu tous évités, aujourd'hui ?

Armand ne répondit pas, mais ses yeux se portèrent machinalement sur sa bague et y restèrent fixés avec une expression mélancolique.

— Écoute, reprit Cortail d'un ton grave, mais affectueux ; quoique tu agisses souvent comme un enfant, de fait tu es un homme. Personne n'a le droit de régenter tes actions ou de t'en demander compte. Je ne veux pas invoquer l'ascendant que devraient peut-être me donner sur toi mon âge et mon expérience. Je ne me reconnais d'autorité que celle de l'amitié, mais celle-là j'en userai dussé-je te déplaire. Depuis que nous servons ensemble,

je me suis attaché à toi, et tu sais que moins j'éparpille mes affections, plus en revanche elles sont fermes et sincères. Je me regarde comme ton frère aîné ; à ce titre j'ai droit à ta confiance, et je la veux. Que signifie ce mystère à mon égard ? te défies-tu de moi ? Si ce que tu médites est honorable, pourquoi me le cacher ? Depuis quand manqué-je d'intelligence pour comprendre ce qui est bien, et de cœur pour l'approuver ? Armand, ne sommes-nous plus amis ?

Bennezons serra la main que lui tendait son frère d'armes, et la laissa retomber aussitôt par un mouvement empreint de tristesse.

— Amis jusqu'à la mort, répondit-il ; mais ne m'interroge plus. Que pourrais-je te répondre ? Te prendre pour confident désormais serait un tort pour tous deux. Oublies-tu que tu entres au service du gouvernement, et que j'emporte en Vendée ma cocarde de la garde royale ?

— Albe vous a nommé, je ne vous connais plus.

C'est là ce que tu veux dire, n'est-il pas vrai ? Fais-moi grâce, je t'en prie, de l'héroïsme romain ; il m'inspire plus de mépris que d'admiration. Le drapeau de ces gens-là était une louve, et ils ont toujours été dignes d'un pareil symbole. Crois-tu que si le sort nous mettait un jour en face l'un de l'autre, dans quelque champ clos du Morbihan, tu aurais l'héroïsme de faire feu sur moi ? le crois-tu ?

A son tour Armand prit la main de son ami et l'étreignit avec énergie.

— Pourquoi ne viens-tu pas avec moi, dit-il ensuite ; au fond tu partages mes opinions, je le sais.

— Oui, mais non tes illusions. Il y a un an la Vendée était possible. Bien d'autres avec moi y avaient marqué leur place et s'y fussent rendus au premier appel. En ce moment, il est trop tard, et en politique l'occasion perdue ne se retrouve pas. La prise d'armes dont l'espoir vous berce tous n'aboutira qu'à quelque échauffourée dont le seul résultat sera de perdre les imprudents qui s'y seront compromis.

— Dis les braves.

— Les braves, soit ; quoique la recherche d'un péril inutile annonce plus de folie que de vrai courage. Je suis soldat comme toi, certes je n'estime pas ma vie plus précieuse que la tienne ; mais dans un combat, je veux pour moi une chance, si faible qu'elle soit, ne fût-ce que la chance d'une balle contre un boulet. A moins d'avoir entièrement perdu la tête, ce que je crains, tu ne t'es pas engagé sans recevoir quelque garantie ? A un homme comme toi on a dû montrer de la confiance ? enfin tu es sans doute au fait de ce qui se prépare ? Je ne t'interroge pas, je ne te demande aucune preuve, et je m'en rapporte à ta seule parole. As-tu, je ne dis pas l'espoir, mais la certitude que nous trouverons au rendez-vous des armes et des hommes ? qu'une fois l'épée à la main, nous serons un contre deux, un contre trois, n'importe ; mais enfin que nous formerons un noyau d'armée suffisant, sinon pour vaincre, du moins pour lutter ? Jure-moi que tu as cette certitude : j'envoie ma démission au général Amirauld, et je pars avec toi.

Bennezons garda un instant le silence.

— Tu m'en demandes plus que je n'en ai demandé moi-même, dit-il ensuite avec quelque embarras ; je

n'ai pas l'habitude de soumettre une question de dévouement à une démonstration mathématique.

— J'en étais sûr, s'écria Félix en modérant aussitôt un
emportement involontaire ; ainsi tu ne sais rien et tu agis
de confiance. On te dit : Allez là. Cela te suffit et tu y
vas. Ce qu'il y a de plus bouffon, c'est qu'en faisant ce
métier de commissaire tu te prends pour un héros.

— Cortail….

— Parbleu ! fâche-toi si bon te semble ; tu entendras
la vérité. Tout à l'heure tu me parlais de dévouement :
penses-tu m'éblouir par de grands mots ? Qu'a de com-
mun le dévouement politique avec le sentiment qui te
fait agir en ce moment ? Tu n'es pas un Larochejaque-
lein, mon pauvre Armand, tu es un amoureux, pas autre
chose. Dieu me garde de médire de l'amour, cela me
serait moins permis qu'à tout autre ; mais je ne puis
souffrir son intervention dans de sérieuses entreprises
qui ne doivent relever que de la conscience.

— Ma conscience est d'accord avec mon cœur.

— Dis que tu veux plaire à ma tante ; car c'est elle,
j'en suis sûr, qui te pousse à cette extravagance. Si ton
projet n'avait été concerté qu'entre ma cousine et toi, je
pourrais t'absoudre. Anastasie a certainement d'aussi
beaux yeux que la duchesse de Longueville, et l'on ne
doit pas te demander plus de sagesse qu'à Larochefou-
cauld. Mais, ce qui me courrouce malgré moi, c'est que
vous êtes tous deux des instruments dans la main d'une
femme qui a passé l'âge de raison sans devenir raisonnable. Il y a longtemps que j'ai jugé madame de Chateauvieux, et tu peux m'en croire, quand je te dis que si
tu te laisses mener par elle tu es un homme perdu.
Comme à toutes les personnes qui ont plutôt de l'activité
dans l'esprit que de l'esprit même, il lui faut un dada
qu'elle puisse enfourcher du matin au soir, sauf à s'en
dégoûter et à le réformer pour en prendre un autre. Je
l'ai connue successivement bel-esprit, dévote, artiste,
joueuse. Il lui est resté un peu de tout cela, mais dans
ces derniers temps la philanthropie avait prévalu. Depuis
la révolution, c'est sur la politique qu'elle chevauche de
préférence ; fidèle à son habitude d'imposer aux autres
ses préoccupations, elle t'envoie aujourd'hui en Vendée,
comme il y a deux ans elle voulait m'envoyer à Tunis.

— A Tunis ?

— Oui, à Tunis. En ce temps-là, entre autres actes
d'humanité, ma tante rachetait des captifs à raison de
cinq francs par mois. C'était de la vertu à bon marché
comme tu vois ; mais c'est toujours celle-là que préfèrent
ceux qui en font leur état. Un jour ne lui prit-il pas fan-
taisie de me faire faire le voyage d'Afrique pour m'assurer de la fidélité avec laquelle était employé l'argent
de cette magnifique rançon ? Elle ne m'a jamais pardonné
mon refus. A ma place tu serais parti, n'est-ce pas ?

— Eh bien, oui ! j'aime Anastasie, et pour l'obtenir il
n'est rien que je ne fasse ; il n'est aucune condition que
je n'accepte, fût-elle, comme tu le dis, folle ou té-
méraire. D'ailleurs, j'aurais choisi par goût l'épreuve
qui m'est imposée. Peu importe qui est le premier dans
mon cœur, de l'amour ou du dévouement, pourvu que
ces deux sentiments s'accordent et me poussent au même
but. Je te le répète, ma résolution est inébranlable ; ainsi,
pas un mot de plus sur ce sujet, je t'en supplie, et ne
troublons pas par une discussion inutile le peu d'instants
qu'il nous reste à passer ensemble.

— Soit, répondit Cortail en lui tournant le dos.

Il fit plusieurs tours d'un air pensif, sortit ensuite de
la chambre, et y rentra un moment après en portant une
boîte d'acajou.

— Voici mes pistolets, dit-il à son inflexible compagnon, ils sont meilleurs que les tiens et tu en auras peut-
être besoin.

— Merci, j'aime mieux cela que tes remontrances, répondit Bennezons en acceptant ce cadeau avec autant de
cordialité que son ami en mettait à l'offrir.

— Il est une autre chose à laquelle tu n'as pas pensé,
reprit Félix après un instant d'hésitation ; la nécessité de
tenir ton rang dans la garde t'a fait dépenser d'avance
plusieurs années de ton revenu. Forcé maintenant de
liquider cet arriéré, tu ne dois pas avoir d'argent dispo-
nible ; je sais que tu n'en as pas.

— Qu'ai-je besoin d'argent ? interrompit Armand ; j'ai
de quoi payer mon voyage, cela me suffit. Je ne vais pas
en Vendée pour donner des bals ou tenir table ouverte ;
je vais *chouanner*. Un fusil de chasse sur le dos, à la ceinture tes pistolets et mon poignard ; voilà tout ce qu'il
me faut.

— Mais en cas de malheur, si tu es forcé de sortir de
France, il te faudra de l'argent sous peine de mourir de
faim, ou d'éprouver, comme Danté, l'amertume du pain
de l'étranger. Tu sais qu'en commençant notre voyage,
nous avions le projet de visiter toute la Suisse et même
d'aller jusqu'à Milan. Notre caisse est encore assez bien
garnie ; pour moi, j'ai besoin de fort peu de chose, puisque
je dois rejoindre dans la quinzaine mon nouveau régiment
qui est en garnison à Lyon. Tu vas donc prendre le fonds
social : capital, cent louis à ce que je suppose, ajouta
Cortail en riant, et il mit sur la cheminée une bourse
verte pleine d'or.

— Mais ces deux mille francs sont à toi seul, et je suis
déjà ton débiteur, s'écria Bennezons.

— Tu me devras cela de plus.

— Et si je suis tué !

— Est-ce qu'on est tué ? tu m'as imposé silence tout à
l'heure ; à ton tour, pas d'observation. Et puis, ne vais-je
pas devenir ton cousin ? Nous règlerons nos comptes
quand tu auras touché la dot de ta future.

Les deux amis passèrent ainsi le reste de la nuit, se
rappelant l'un à l'autre mille circonstances de leur vie
passée, auxquelles l'approche d'une séparation peut-être
éternelle donnait un intérêt nouveau ; et causant de l'a-
venir avec un mélange d'espoir, de mélancolie et d'in-
souciance. Au point du jour, Cortail conduisit Armand à
la voiture, qui attendait celui-ci devant la façade des bains.

— Adieu, lui dit-il alors, en cachant sous un calme
affecté une émotion réelle ; je ne te dis pas comme le fils
de Procida, dans les Vêpres Siciliennes :

Va mourir pour ton prince et moi pour mon pays.

J'espère bien, au contraire, que nous ne mourrons ni l'un
ni l'autre ; du reste, Dieu est le maître. Mon pauvre Armand, quand nous servions tous deux dans notre beau
cinquième de la garde, qui eût dit que nous nous quit-
terions ainsi ! C'est cette maudite révolution… Allons, ne
pensons pas à cela. S'il y a un mouvement là-bas, et
qu'on y envoie mon régiment… nous allons peut-être
nous rencontrer… Dans ces infernales guerres civiles on
a vu des frères se tuer avant de se reconnaître… Bah !
sensiblerie de femme… tu ne m'écoutes pas.

En effet, au lieu de répondre, Armand contemplait la

fenêtre de la chambre où reposait en ce moment mademoiselle de Chateauvieux. Cortail suivit de l'œil ce regard qui restait fixé d'un air de désappointement sur les volets obstinément fermés.

— Je comprends, dit-il avec un mélange de compassion et d'ironie ; mais tu espères en vain ; le jour commence à peine, et Anastasie ne se lève jamais avant neuf heures.

— Elle dort, répondit Bennezons, en essayant un pénible sourire ; tant mieux, je serais malheureux de troubler son repos. Tu as veillé, toi !... adieu !... elle dort !

Sans dire un mot de plus, Armand serra la main de son ami avec une énergie où se peignait la violente agitation de son ame, et s'élança dans la voiture, qui un moment plus tard l'entraîna rapidement vers Genève.

VIII

Le jour même du départ de Bennezons, une lettre à large enveloppe et à cachet noir fut remise au décoré de juillet qui, depuis le duel où il avait été vainqueur, se trouvait condamné à un isolement de plus en plus pénible pour son cœur et humiliant pour sa vanité. Témoin des progrès de son rival, impitoyablement repoussé par l'espèce de cordon sanitaire dans lequel madame de Chateauvieux le tenait emprisonné, enfin ayant subi toutes les phases de la passion malheureuse, il était arrivé graduellement à cet état d'exaspération qui ne rêve plus l'amour, mais la vengeance, et auquel doit être attribuée la brutale équipée qu'il s'était permise à la promenade.

Après avoir lu la lettre à cachet noir, Alexandre Guibout sortit de sa chambre dans une agitation inexprimable, et se lança, comme un cerf qu'une meute poursuit, à travers les rudes sentiers de la montagne. Le soir, il revint haletant, harassé, les yeux brillant d'un feu sombre et la physionomie empreinte d'une expression machiavélique. Sans songer à dîner, sans reprendre haleine, il passa un crêpe à son chapeau, improvisa un deuil dont sa position de voyageur justifiait l'irrégularité, puis il se rendit chez M. de Montespard, qui, dans sa chambre unique, conservait l'habitude de l'étiquette. En entendant son valet de chambre qui lui annonçait la visite du décoré de juillet, le marquis éprouva une vive surprise, mais sans en rien manifester, car l'étonnement, quelle qu'en soit la cause, messied aux gens d'esprit. Il se leva donc, accueillit, dans une attitude aussi froide que polie, le visiteur inattendu, et resta debout pour éviter de lui offrir un siége.

— Monsieur le marquis, lui dit Alexandre Guibout en le saluant avec une déférence respectueuse, ma démarche vous étonne sans doute, et je le conçois. Permettez-moi une explication franche qui convient à mon caractère comme au vôtre. J'ai eu des torts envers vous ; je les reconnais et je viens vous prier de les oublier. L'an dernier, lorsque je revins à Montespard, j'avais la tête échauffée par les événements de Paris, et cette exaltation que tant d'autres partageaient alors m'a entraîné à des folies que je regrette aujourd'hui.

Le décoré fit une pause comme pour attendre l'effet de son exorde ; mais, au lieu de répondre, l'ex-pair de France inclina légèrement la tête et la releva aussitôt en regardant fixement son interlocuteur.

— Ma nouvelle position, reprit celui-ci avec une sorte de câlinerie diplomatique, m'impose comme un devoir la satisfaction que je désire vous offrir. M. Guibout, mon oncle, vient de mourir après m'avoir institué son légataire universel.

Le décoré prononça ces derniers mots d'une voix plus sonore et chercha de l'œil un fauteuil, persuadé sans doute que les quatre-vingt mille livres de rente, apportées par la lettre à cachet noir, lui donnaient le droit de s'asseoir même en présence d'un pair de France ; mais le marquis était trop gentilhomme pour ployer le genou devant le veau d'or ; loin de là, il porta la tête un cran plus haut et se contenta de dire d'un air indifférent :

— Ah ! M. Guibout est mort. Tant pis ; c'était un honnête homme.

— Le modèle des gens de bien, et je le pleurerai toute ma vie, reprit Alexandre déjà familiarisé avec le langage d'héritier. Mais la mort est la destinée commune. La perte douloureuse que je viens d'éprouver me rend propriétaire des forges de Montespard ; je deviens donc, monsieur le marquis, votre plus proche voisin, et c'est en cette qualité que je me présente devant vous. Je crois savoir, continua le décoré en hésitant un peu, que des considérations indépendantes de votre volonté, et auxquelles j'ai le tort de n'avoir pas été étranger, vous éloignent en ce moment de votre terre. Par sa position industrielle, mon oncle jouissait dans notre pays, d'une influence dont j'hériterai, je l'espère. Veuillez donc me permettre, monsieur le marquis, de vous offrir mes services. Si vous pensez que mon intervention officieuse puisse avoir quelque poids auprès d'une population un peu effervescente, disposez-en, je vous en prie ; je serai trop heureux de réparer, en cette occasion, mes extravagances de l'année dernière.

Le pair de France se redressa de nouveau.

— Le marquis de Montespard, dit-il avec une certaine hauteur, n'a besoin de la protection de personne pour habiter son château dès qu'il le jugera convenable. Vous vous trompez, monsieur ; je suis ici pour des raisons de santé et non pour aucune de celles que vous supposez. — Sa dignité mise à couvert, le vieux gentilhomme reprit d'un air plus gracieux : — Du reste, monsieur, je vous sais gré de votre démarche. Un tort avoué d'une part doit être oublié de l'autre ; ainsi ne parlons plus de ce qui s'est passé l'an dernier. A mon retour à Montespard je serai charmé de vous recevoir. Entre nous, continua le marquis en souriant finement, ce que la forge et le château ont de mieux à faire, c'est de vivre en bonne intelligence. Songez qu'après avoir pillé l'un, nos petits Mazaniello du Beaujolais pourraient bien se chauffer de l'autre. Mais, j'en suis sûr, je parle à un homme converti, et désormais convaincu comme moi que tout charivari peut finir par le tocsin.

— Un charivari ! ah ! monsieur le marquis, il y a de la rancune dans ce mot, observa le jeune homme d'un air doucereux.

— Cette petite vengeance ne pourrait plus vous atteindre, répondit M. de Montespard. Quand on a comme vous quatre-vingt mille livres de rentes, on ne donne plus de charivaris, on en reçoit.

Le décoré de juillet se prêta de bonne grâce à cette plaisanterie, et, profitant de la disposition favorable de son interlocuteur, reprit, non sans quelque embarras :

— Maintenant que vous avez bien voulu signer la paix, permettez-moi, monsieur le marquis, de vous entretenir d'une affaire à laquelle j'attache la plus haute importance, et qui, je le crois, ne sera pas sans intérêt pour vous même.

Le pair de France offrit une chaise au jeune visiteur, prit pour lui l'unique fauteuil de la chambre et s'assit le premier, maintenant ainsi, malgré sa politesse parfaite, la prééminence de son âge et de son rang. Quoique sa susceptibilité bourgeoise fut en secret irritée de cet arrangement, Alexandre Guibout entra en matière avec un redoublement de déférence.

— Ma confession sera courte, dit-il, je ne veux pas vous importuner. Depuis que j'ai rencontré à Genève mademoiselle de Chateauvieux, j'ai conçu pour elle une passion dont la manifestation irréfléchie lui a déplu sans doute, car à plusieurs reprises j'en ai été cruellement puni. Cependant, peut-être me fais-je illusion, je n'ai pas perdu tout espoir ; mais jusqu'ici j'avais dû m'interdire une démarche à laquelle m'enhardit aujourd'hui le changement de mon sort. Les différents avantages sociaux peuvent se compenser, du moins je le pense. Ma fortune me permet d'offrir à mademoiselle de Chateauvieux une position digne d'elle. Ma naissance n'est pas noble, il est vrai, mais elle est honorable. Ma mère était une demoiselle de Saint-Gorgon, famille ancienne et modérée. Enfin, monsieur le marquis, c'est à vous, ami de madame de Chateauvieux, que j'ose adresser une demande d'où dépend mon bonheur. Si vous me faisiez l'honneur de l'accueillir et de devenir mon protecteur auprès de ces dames, j'en éprouverais une éternelle reconnaissance.

Cachant sous une indifférence affectée l'intérêt que lui inspirait une pareille démarche, le marquis garda quelque temps le silence.

— Vous comprenez, dit-il enfin, qu'avant de vous répondre, j'ai besoin de réfléchir. Accepter la mission dont vous me chargez, c'est prendre l'engagement de vous servir de tout mon crédit ; or, je ne m'engage jamais légèrement. Revenez demain ; d'ici là j'aurai pris un parti.

Ce délai n'était qu'un acte de convenance, car la décision du marquis fut instantanée. Avec la promptitude de jugement particulière aux hommes spirituels, il traça de l'amoureux solliciteur une sorte de signalement matrimonial, formulé à peu près en ces termes :

— Age convenable, physique assez bien pour un mari, manières vulgaires, éducation bourgeoise, principes politiques détestables, nom absurde, fortune superbe.

— Le nom peut se changer, pensa le marquis en concluant ; Anastasie, qui est bien élevée, se chargera de réformer l'éducation, et la fortune de corriger les principes : le jeune homme est déjà dans le bon chemin ; pour venir me voir, il avait ôté son ruban.

Le vieillard se décida donc à protéger le postulant, l'antipathie qu'il avait conçue pour Bennezons le poussant d'ailleurs à cette résolution. Ce fut de l'air le plus affable et avec un sourire d'heureux présage, qu'il accueillit le lendemain le décoré de juillet.

— Mon cher monsieur Guibout, lui dit-il avec une familiarité de grand seigneur, je suis à vous, comptez sur moi. Il est quelques petits arrangements nécessaires et dont nous conviendrons plus tard. Vous êtes un homme intelligent et raisonnable ; ainsi je suis sûr que nous nous entendrons à merveille. Madame de Chateauvieux retourne à Genève dans deux jours ; il est inutile que j'entame la négociation avant son départ. Vos intérêts doivent vous appeler dans le Beaujolais : allez-y, mais soyez dans un mois à Genève. D'ici là j'aurai, je l'espère, mené l'affaire à bon port.

Alexandre se confondit en remerciements et en protestations de reconnaissance ; mais, dès qu'il eut quitté son noble protecteur, l'expression obséquieuse de sa physionomie se changea soudain en un épanouissement ricaneur.

— Ah ! vieux Polignac, se dit-il en employant une métaphore politique fort à la mode alors parmi le populaire de Paris, tu as mordu à l'hameçon parce qu'il est d'or ! J'espère que ces deux princesses seront aussi avides que toi. Oui, dans un mois je serai à Genève. S'il faut manger la moitié de ma fortune pour éblouir cette orgueilleuse créature, je la mangerai ; et quand j'aurai son consentement, quand elle m'aura dit : « Je serai votre femme, » je lui répondrai : « Je ne veux pas de vous. » Oui, sacrebleu ! je lui dirai : « Je ne veux pas de vous ! » et cela le jour de la signature du contrat, en présence de l'impératrice sa mère et de toute son auguste famille. Ces deux femmes-là m'ont trop vexé ; je serais un lâche si je n'en tirais pas une vengeance éclatante.

IX

Ignorant le projet diabolique, inspiré peut-être au décoré par l'histoire du marquis de Brunoy, M. de Montespard tint fidèlement sa promesse. De retour à Genève avec ses deux compagnes, il laissa passer politiquement une quinzaine de jours, afin de donner à l'absence, ce vent destructeur, le temps de souffler sur le souvenir de Bennezons. Ce délai écoulé, un jour que madame de Chateauvieux lui parlait du mariage d'Anastasie en faisant l'éloge d'Armand, il trouva l'occasion opportune et entama la discussion…

— Sans vos engagements envers ce jeune homme, dit-il d'un air de regret, j'aurais eu un autre parti à vous proposer.

— Proposez toujours, répondit madame de Chateauvieux ; vous savez qu'une femme aime assez à causer mariage.

— C'est tout simplement un parti de 80,000 livres de rente, reprit le négociateur, qui mit ce propos colossal en tête de son attaque, ainsi que, pour combattre les Romains, Pyrrhus, roi d'Épire, rangeait des éléphants devant son front de bandière.

La femme chevaleresque tressaillit sur son fauteuil, comme si cet éléphant d'or, qui a nom 80,000 livres de rente, l'eût touché de sa trompe.

— Voilà un parti digne d'une duchesse, dit-elle en se remettant de son émotion. De qui voulez-vous parler ?

— D'un homme que vous connaissez déjà, quoique peut-être il ait été mal apprécié de vous ; d'un homme dont le nom va vous surprendre.

— Quel préambule ! Mais parlez donc.

— D'Alexandre Guibout, puisqu'il faut l'appeler par son nom, répondit le marquis en parodiant le vers de Lafontaine au sujet de la peste.

Madame de Chateauvieux fit un second soubresaut. Sans lui donner le temps de prendre la parole, le pair de France lui expliqua l'affaire dans tous ses détails, et conclut sa harangue en demandant formellement la main d'Anastasie pour son protégé. La promesse faite à

Bennezons, les mots sonores d'honneur, de délicatesse, de loyauté, les répugnances inspirées par les opinions, la naissance et les manières du nouveau prétendant, furent opposés à l'orateur, comme il s'y attendait et sans qu'il s'en inquiétât beaucoup. Ayant prévu toutes les objections, sa réponse à chacune d'elles était prête.

— Ma chère amie, dit-il à son interlocutrice en usant du langage familier qu'autorisait de sa part une longue intimité, parlons raison. La richesse, je le sais, existe souvent sans le bonheur; mais lui, en revanche, ne se rencontre que bien rarement sans elle. Dans notre classe surtout, la fortune est une nécessité. Vous n'êtes pas riche, Bennezons l'est moins encore; en unissant ces deux médiocrités, vous arrivez tout droit à la gêne pour Anastasie. Je dis la gêne; si elle a plusieurs enfants, je dirai: la pauvreté. Ce projet de mariage a été conçu sans me consulter, et dans un de vos moments d'engouement romanesque. Mais aujourd'hui que j'en appelle à votre bon sens et à votre sollicitude pour votre fille, vous avouerez qu'il ne peut pas supporter une discussion sérieuse.

— M. de Bennezons n'est pas riche, j'en conviens; mais sa naissance est excellente, et, à mes yeux, c'est une considération capitale.

— D'abord les Bennezons sont éteints, et celui-ci est d'une famille greffée sur l'ancienne on ne sait comment.

— Il est Bennezons véritable, j'en suis certaine. Savez-vous que les Bennezons sont la fleur de la noblesse normande, et qu'ils datent de Charles-le-Chauve?

— Et quand ils dateraient de Charles-le-Chauve! ce n'est, après tout, que de la seconde race, répondit le vieux gentilhomme avec le superbe sourire qu'eût pu se permettre un Mérovingien ressuscité.

— C'est quelque chose, dit en riant à son tour madame de Chateauvieux.

— Quelque chose, mais peu de chose. Voyez-vous, ma chère amie, en France il y a une trentaine de familles historiques dont le nom possède une importance réelle. Tout le reste, petite noblesse ou bourgeoisie, doit être placé au même rang. Pour moi, entre Bennezons et Guibout je ne fais aucune différence; et vous-même, vous vous êtes montrée un jour de mon avis. Entre nous, votre mari s'appelait M. Pourtois.

— Il ne s'agit pas de cela; je me nomme madame de Chateauvieux. Comment pensez-vous que ma fille puisse s'appeler Guibout?

— Ce serait d'autant plus déplorable, dit le marquis avec un sérieux affecté, que de Guibout on fait facilement Gibou.

— Et alors, chaque fois qu'Anastasie recevrait du monde, on dirait: Nous allons prendre le thé de madame Gibou. Vous le premier.

— J'en suis capable, mais comme vous le disiez tout-à-l'heure, il ne s'agit pas de cela. Un nom ridicule se quitte; je ne pense pas que le jeune homme tienne au sien le moins du monde. C'est l'affaire d'un pourvoi devant le garde-des-sceaux; pas autre chose.

— S'il avait une terre? observa madame de Chateauvieux d'un air pensif.

— Une terre! Je ne crois pas. Mais il possède près de Montespard des étangs magnifiques.

— Où cela mène-t-il?

— Droit à votre but. Jetez dans un étang dix bourgeois, je me charge de repêcher dix nobles. Monsieur de l'Etang d'abord; à tout suzerain tout honneur; ensuite monsieur de Lamare, monsieur de Leau, monsieur du Jonc, monsieur de Labonde, monsieur de Lile...

— Monsieur du Brochet, dit à son tour madame de Chateauvieux; faites-moi grâce du reste de la pêche. Mais tout cela n'est qu'une plaisanterie.

— Voici qui n'est pas une plaisanterie. La mère de M. Guibout était une demoiselle de Saint-Gorgon, d'une bonne famille du Beaujolais: qui empêche notre jeune homme d'en relever le nom et les armes? Madame de Saint-Gorgon! Trouvez-vous que ce nom ferait un trop mauvais effet à la porte d'un salon?

— Je ne dis pas cela; au contraire, il a quelque chose de chevaleresque qui ne me déplaît pas; Saint-Gorgon! je crois que cela irait assez bien à Anastasie, qui est grande et brune.

Madame de Chateauvieux se laissa vaincre de la sorte, article par article; mais, à la fin de la discussion, elle réitéra le refus par où elle avait débuté, et déclara que, tout en reconnaissant les avantages de l'alliance qu'on lui proposait, elle était décidée à tenir la parole donnée à M. de Bennezons. Le marquis n'insista pas, comptant sur les réflexions de son ancienne amie plus encore que sur sa propre éloquence. Il ne fut pas déçu dans ce calcul. La femme à principes héroïques et religieux, qui, en face du vieux pair de France avait pris la défense d'Armand, passa à l'ennemi, c'est-à-dire au Guibout, avant d'avoir rejoint sa fille.

La soudaineté d'un pareil changement n'a pas besoin de commentaire. Les sentiments ordinaires s'insinuent dans le cœur graduellement, comme naissent les rayons de l'aube; les fortes passions, au contraire s'en emparent de force et d'un seul coup, ainsi que le soleil inonde de sa lumière une chambre dont les volets s'ouvrent à midi. L'or, ce soleil monnayé, possède, autant que l'astre souverain lui-même, cette puissance d'irruption et d'éblouissement à laquelle les caractères les plus stoïquement trempés ne résistent pas toujours et qui devait trouver sans défense une femme dont la vanité surpassait la fortune. Dans les rêves les plus ambitieux dont sa fille était l'objet, madame de Chateauvieux n'avait jamais rien espéré d'aussi splendide que l'établissement proposé par son vieux conseiller. A ses yeux, les fermes, les forges, les maisons de ville et de campagne d'Alexandre Guibout se dressèrent subitement, en s'empilant les unes sur les autres dans un ordre imposant et grandiose. Pendant quelque temps, il est vrai, une crevasse de cette Babel dorée laissa voir l'image irritée de Bennezons; mais le ferme esprit de la femme entre deux âges chassa bientôt cette vision importune comme on effraie du pied un lézard mal appris qui s'aventure dans un monument consacré.

Les conversions récentes inspirent toujours à ceux qui les subissent une rare ferveur de prosélytisme. Convaincue de la divinité de la Fortune, madame de Chateauvieux ne perdit pas de temps pour prêcher sa croyance à la personne la plus intéressée à ce débat et dont le consentement était indispensable à sa solution. A son retour d'une promenade sur le lac, Anastasie fut assaillie par une de ces attaques maternellement impitoyables, qui vont droit et raide comme une charge de cavalerie, en sabrant au profit de l'intérêt tous les liens, tous les serments, tous les droits de l'amour. La jeune fille se révolta d'abord contre l'idée de rompre l'alliance dont son anneau d'argent était le gage.

— Il est impossible que vous parliez sérieusement, dit-elle en regardant sa mère avec un sourire d'incrédulité; sans doute vous voulez m'éprouver, et ceci est une plaisanterie concertée entre vous et M. de Montespard?

— Ai-je l'habitude de plaisanter lorsqu'il s'agit de ton avenir, répondit madame de Chateauvieux d'un ton grave; je ne t'ai pas dit un seul mot qui ne soit sérieux et vrai. La plus importante action de ta vie, de la mienne, par conséquent, doit se décider en ce moment. Un parti, tel que mon amour pour toi n'aurait jamais osé en espérer un semblable, se présente aujourd'hui; toutes mes sympathies lui sont acquises, je ne te le cache pas; car je veux être franche avec toi. Mon consentement est donc prêt, mais c'est le tien qu'il faut avant tout. Voyons : quelles objections peux-tu faire contre ce projet qui me rendrait si heureuse?

— Mais, maman… et Armand? dit Anastasie.

— Tu veux dire M. de Bennezons, reprit la femme de quarante-six ans; eh bien?

Cette inintelligence affectée blessa la jeune fille et lui inspira un accès d'énergie.

— Il m'aime, s'écria-t-elle.

— Cela ne m'étonne pas; tu es assez bien pour inspirer une passion.

— Mais je l'aime aussi, moi, et vous ne l'ignorez pas. L'attachement que j'ai conçu pour lui est né sous vos yeux; vous l'avez vu se développer jour par jour sans y mettre obstacle; vous connaissez aussi bien que moi-même l'engagement qui nous lie, et, quand je prononce son nom, il semble que je parle d'un étranger. Je vous le répète, je l'aime! Prétendrez-vous maintenant que ce soit sans votre aveu?

— Accuse-moi, tu en as le droit, répondit madame de Chateauvieux avec une douceur hypocrite. Les reproches que tu me fais, je me les suis adressés déjà plus d'une fois; mais dans ta bouche ils me semblent bien durs. J'ai eu tort, sans doute, de ne pas rompre dès son origine une liaison qui ne pouvait aboutir à rien de sensé. Mais pouvais-je prévoir ce qui arrive aujourd'hui? Toutefois, j'ai manqué de prudence, et voilà ce que je ne me pardonne pas. Allons, chère enfant, tu vois que je reconnais mes torts; à ton tour, avoue que tu n'es pas raisonnable.

— Je le serais sans doute si je manquais à ma parole?

— Toujours de l'exagération. S'il fallait donner une interprétation aussi rigoureuse à toutes les promesses qu'il est impossible de tenir, la vie tout entière ne serait qu'un parjure. Tu m'aimes trop, n'est-il pas vrai, pour te marier sans mon consentement? Comment donc peux-tu te regarder comme engagée quand je ne le suis pas

— Mais vous-même, n'avez-vous pas promis…

— Rien. J'ai toléré des assiduités auxquelles je ne voyais aucun inconvénient, n'y attachant pas d'importance. Que s'est-il passé? une chose qui arrive tous les jours dans le monde, aux eaux surtout. Au milieu d'une société assez ennuyeuse, un jeune homme inoccupé t'a remarquée parce que tu étais en effet la plus remarquable; comme il faut au bal des danseurs et dans un concert des musiciens, tu as dansé, tu as chanté avec lui; mais ne l'aurais-tu pas fait avec tout autre homme de bonne compagnie qui eût eu des jambes ou de la voix? L'intérêt plus ou moins vif que tu as pu prendre à une connaissance de quelques jours n'a donc qu'une gravité éphémère. Les liaisons contractées aux eaux sont d'une nature tellement exceptionnelle, qu'elles ne sauraient en-

gager pour l'avenir. On se rencontre à Spa ou à Baréges, on se voit tous les jours comme si l'on était amis intimes; la saison finie, chacun part de son côté et l'on ne se connaît plus. Nous voici en Suisse, M. de Bennezons est en Vendée; qui peut dire seulement si vous vous reverrez jamais?

— S'il est en Vendée, qui l'y a envoyé? dit Anastasie d'un ton de reproche et d'amertume.

— Moi, répondit la femme chevaleresque en levant orgueilleusement la tête, et s'il fallait recommencer, je lui tiendrais encore le même langage. Je rends justice à monsieur de Bennezons; il a des idées d'honneur et de loyauté, mais son caractère est faible, irrésolu : en l'arrachant à l'influence de Félix, en réchauffant ses sentiments attiédis, en lui montrant enfin le chemin du dévouement, j'ai accompli un devoir, tout en lui rendant un inappréciable service. La place de monsieur de Bennezons est en Vendée; si nous le revoyons jamais, ce sont des remerciements que j'attends de lui et non des reproches. Mais ceci est une question toute politique, reprit madame de Chateauvieux d'une voix insinuante, et nous devons, avant tout, nous occuper de toi. Ma bonne Anastasie, il m'en coûte, sois-en bien sûre, de contrarier le moindre de tes caprices; mais mon amour de mère ne me permet pas une faiblesse qui compromettrait ton sort et dont toi-même, un jour, serais la première à gémir. Puis-je avoir d'autre désir que celui de ton bonheur? Sois donc raisonnable, je t'en supplie. Au fond, tu dois comprendre que monsieur de Bennezons n'est pas un parti pour toi. Nous ne sommes pas riches, il l'est moins encore; en unissant ces deux médiocrités, nous arrivons tout droit à la gêne, et, en admettant la possibilité d'un pareil mariage, si vous aviez plusieurs enfants, il faudrait dire : La pauvreté. Quand tu seras mère, Anastasie, tu verras que dans notre cœur de femme le bonheur de nos enfants absorbe tout autre sentiment. Mais songes-y donc : quatre-vingt mille livres de rente!

— Si Armand n'est pas riche, du moins son nom est beau, et l'on peut se passer de fortune lorsqu'on s'appelle Bennezons, répondit la jeune fille avec un accent de fierté.

— D'abord, est-il réellement de l'ancienne famille des Bennezons? Rien n'est plus douteux, à ce qu'assure monsieur de Montespard, à qui tu accorderas bien quelques connaissances en fait de généalogies. Et puis, vois-tu, mon enfant, en France il n'y a qu'une trentaine de familles historiques dont le nom possède une importance réelle. Si tu devais t'appeler madame de Rohan ou de Montmorency, je passerais sur tout le reste; on ne s'enquiert jamais de la bourse d'un prince. Mais entre Bennezons, Chateauvieux ou Saint-Gorgon, je ne vois, moi, aucune différence, et alors il est tout simple que la fortune fasse pencher la balance. Quatre-vingt mille livres de rente!

— Mais mon cœur…

— Quatre-vingt mille livres de rente! c'est-à-dire une fortune suffisante pour vous mettre de pair avec ce qu'il y a de plus aristocratique à Paris.

— Surtout quand on s'appelle Guibout.

— Saint-Gorgon! de Saint-Gorgon! c'est une affaire arrangée. Les Saint-Gorgon étaient une des premières familles du Beaujolais et ce nom a fort grand air.

Ainsi que l'avait fait sa mère avec monsieur de Montespard, Anastasie attaqua dans tous ses articles le projet soumis à son approbation; elle discuta, raisonna, argumenta, puis parlementa; mais auparavant versa ces larmes qui tranquillisent la conscience, car toute femme s'absout lorsqu'elle a pleuré. Enfin, après avoir épuisé ses arguments et ses sanglots, elle se soumit, et reconnut peu à peu dans ses méditations particulières qu'elle avait raison de se soumettre. Cortail, qui, seul, eût pu plaider la cause de son ami, était rentré en France, où l'appelait son service dans son nouveau régiment. Aucune lettre venue de la Vendée n'apporta à mademoiselle de Châteauvieux un de ces remords qui réveillent les nobles instincts du cœur, ou peut-être la prudence maternelle supprima-t-elle une correspondance qui eût contrarié ses projets. Dès lors, Bennezons fut perdu, quoiqu'il ne fût pas encore oublié.

<h1 style="text-align:center">X</h1>

Quelques jours après, une lettre du marquis de Montespard apprit à son protégé que le champ-clos matrimonial lui était ouvert. De son côté, le nouvel héritier n'avait pas perdu de temps pour endosser le Saint-Gorgon par-dessus le Guibout, afin de lever d'avance les obstacles qu'aurait pu lui opposer la morgue aristocratique de sa future belle-mère.

Par une belle matinée d'octobre, M. Alexandre Guibout de Saint-Gorgon, ex-décoré de juillet, car il n'était plus question du ruban bleu à liseré amaranthe, fit son entrée à Genève dans un coupé magnifique dont le cabriolet d'arrière-train contenait deux laquais en grand deuil, et qui offrait sur chaque panneau l'écusson des Saint-Gorgon : d'azur, à trois têtes de gorgones d'argent, arrachées de gueules; armes parlantes et terribles que madame de Chateauvieux proclama souverainement chevaleresques. Présenté officiellement par le marquis, le prétendu reçut un accueil gracieux qui déconcerta ses projets de vengeance. Peu à peu les scènes de Saint-Gervais furent adroitement rappelées par les deux femmes, et reçurent une explication dont la douce moquerie devenait flatteuse, loin de blesser.

— Avouez que vous me détestiez, lui dit d'un air de bonhomie madame de Chateauvieux, et moi-même, je dois en convenir, je ne vous aimais guère. Je suis un peu intolérante en politique, c'est là mon défaut; et puis, pourquoi vous y être pris si mal? puisque vous connaissiez monsieur de Montespard, pourquoi ne pas vous faire présenter par lui?

— Mademoiselle me détestait sans doute aussi? demanda le jeune homme en se tournant assez gauchement du côté d'Anastasie.

— Moi... j'avais peur de vous, répondit-elle en levant sur lui un regard qu'elle baissa aussitôt.

Il est des hommes qui sont extrêmement flattés d'être trouvés terribles par les femmes. Alexandre Guibout était du nombre. Cet aveu lui fut donc très-agréable et acheva de le désarmer.

— Au fait, se dit-il, je crois bien que j'ai dû lui faire peur. Avec ma vieille redingote de velours et ma casquette rouge, j'avais l'air d'un Robert-Macaire.

En faisant cette réflexion, le jeune homme glissa un regard complaisant le long de son individu, dont, selon lui, un costume de deuil entièrement neuf rehaussait singulièrement la bonne grâce.

— De quoi puis-je me plaindre? reprit-il en lui-même; si je n'ai pas réussi à Saint-Gervais, c'est que, il faut l'avouer, je n'avais rien de fort séduisant. M'aimer tel que j'étais alors eût été de sa part la preuve d'un assez mauvais goût. Madame de Chateauvieux a raison; je m'y étais mal pris.

— Je vous ai paru bien maussade, n'est-ce pas? lui dit Anastasie un autre soir; mais vous-même n'étiez pas toujours fort aimable pour moi. Vous rappelez-vous le jour où vous m'avez si bien éclaboussée au bord de l'Arve?

La jeune fille n'eut pas plutôt prononcé ces paroles qu'elle rougit et baissa les yeux, car l'image d'Armand s'offrit à elle, et sembla lui graver au front avec un fer brûlant le baiser qu'elle avait reçu le jour même dont elle venait d'évoquer le souvenir.

Guibout ne remarqua pas cette émotion ou s'en crut la cause.

— J'avais perdu la tête, répondit-il d'un ton passionné, et l'on doit être indulgent pour la folie. Puisque vous vous rappelez si bien mes torts, aviez-vous remarqué celui-ci?

A ces mots, il montra le lambeau de gaze verte auquel, depuis deux mois, il avait donné pour reliquaire la poche de son gilet.

— Peut-être n'avais-je pas voulu le voir, répondit mademoiselle de Chateauvieux entraînée à cette petite fausseté par le besoin de s'étourdir en imposant silence à des souvenirs importuns.

— Comment garder rancune à tant d'esprit et de grâce? pensa maître Guibout, qui, pour s'excuser à ses propres yeux en voyant sa vengeance s'en aller par morceaux à chaque nouveau sourire d'Anastasie, finit par se dire :

— Bah! après tout, elle est charmante; j'en suis amoureux, elle commence à m'aimer et je serais un niais de songer à autre chose qu'à être heureux; et puis enfin ce n'est pas au roi de France de venger les injures du duc d'Orléans.

Les arrangements du mariage suivirent donc le cours ordinaire.

Deux mois après, lorsque le contrat fut signé en présence d'une brillante réunion, l'ex-décoré de juillet, loin d'imiter le marquis de Brunoy, moula sur le papier, dans le ravissement de son cœur, le nom de Guibout emmanché de Saint-Gorgon et illustré d'un prodigieux paraphe auquel, cette fois, madame de Chateauvieux ne trouva rien à reprendre; puis, le lendemain, devant l'église catholique de Genève, il prononça le oui sacramentel avec l'énergie qu'il déployait quelque temps auparavant en chantant la *Marseillaise*.

Quinze jours environ après ce mariage, M. de Montespard fut accosté dans la rue des Allemands, naguère la plus pittoresque de Genève, par un jeune homme qui vint à lui avec empressement. C'était Bennezons, pâle et amaigri, l'air fatigué, la barbe longue, les vêtements en désordre. Malgré son usage du monde, le marquis resta un moment interdit.

— Comment se porte madame de Chateauvieux? lui dit pour première parole le jeune homme sans remarquer son embarras; il me tarde tant de la voir, que, si j'écoutais mon désir, j'irais chez elle tout de suite en costume de voyageur.

Le pair de France avait recouvré son sang-froid habituel; n'ayant aucune raison de ménager l'amant abandonné, il lui jeta sans préparation ces foudroyantes paroles :

— Vous aurez un compliment à faire à Anastasie. Vous savez sans doute qu'elle est mariée ?

— Mariée ! s'écria Bennezons devenu pâle comme un mourant.

— Depuis quinze jours, à M. de Saint-Gorgon : vous le connaissez, vous vous êtes battu avec lui à Saint-Gervais ; et tenez, si vous voulez les voir tous deux, tournez la tête, les voilà qui passent.

En ce moment, en effet, la voiture des nouveaux époux traversait la rue. Ils saluèrent le marquis ; mais, en reconnaissant Armand, Anastasie retira précipitamment la tête.

Bennezons s'était appuyé contre la porte d'une maison ; peu à peu il dompta son émotion, et levant sur le vieillard un regard plein d'amertume :

— Si cette femme vous parle de moi, lui dit-il, répondez-lui que je suis condamné à mort en Vendée, et que j'y retourne.

Et, sans ajouter un mot, il s'éloigna.

XI

Le 6 juin de l'année suivante, dans une triste clairière de la Vendée une maison dont le nom ne périra pas brûlait au bruit d'une fusillade qui couvrait de ses détonations acharnées les sifflements de l'incendie : c'était le château de la Pénissière ! Plusieurs compagnies de pantalons rouges, pour employer l'expression du pays, attaquaient ce logis héroïque défendu par une poignée de Vendéens ; le feu sur la tête, le feu sous les pieds, criblés d'une grêle de balles, les assiégés se battaient sans crainte comme sans espoir, tandis que deux clairons, placés à chaque étage, sonnaient leur fanfare de mort et rappelaient les templiers chantant sur le bûcher. A la fin les clairons se turent comme s'étaient tus les chevaliers ; le feu triomphait. Le toit enflammé terminait le combat en s'effondrant sur les Vendéens, ainsi que s'abat le couvercle d'une bière. Une partie de la garnison se fit jour, toutefois par une trouée victorieuse ; le reste demeura, non pas vaincu ni prisonnier, mais mort et déjà enseveli.

Parmi les assiégeants, un officier se tenait immobile devant le château, la tête tristement baissée, appuyé sur son sabre dont il trouait la terre par un mouvement convulsif ; il contemplait d'un œil morne plusieurs corps reconnus à la blancheur de leurs mains pour corps de gentilshommes, ainsi que s'exprimèrent les journaux du temps, et que des soldats tiraient un à un de dessous les décombres. Tout à coup il se pencha en pâlissant vers un de ces cadavres à demi-consumés, lui souleva la main gauche, et à la vue d'un anneau d'argent dont il reconnut la forme étrange, jeta un cri qui se perdit dans les autres clameurs de cette scène de carnage :

— Armand !

Cortail, car c'était lui que l'impitoyable loi de la guerre avait amené en présence de son ancien frère d'armes, se mit à genoux et pleura. Il fit creuser ensuite une fosse qu'il ouvrit lui-même, et après avoir pris l'anneau, seul signe auquel il eût pu reconnaître un corps défiguré par les flammes, coucha son ami dans cette tombe de soldat, pensant qu'il ne saurait lui en trouver une plus glorieuse.

Plusieurs mois après, le régiment de Cortail vint à Paris. La première visite de l'ami d'Armand fut pour madame de Saint-Gorgon, rentrée en France depuis quelque temps avec sa mère et son mari. A la vue de son parent, Anastasie rougit un peu, mais l'usage du monde lui fit promptement dompter cet embarras causé par les souvenirs de Saint-Gervais. S'approchant de la cheminée, la jeune femme prit dans une coupe une bague ornée de brillants, qu'elle choisit parmi plusieurs autres, et l'offrant à son cousin avec un geste gracieux :

— Félix, lui dit-elle, vous n'étiez pas à mon mariage, et depuis je ne vous ai pas vu ; mais ne croyez pas que je vous aie oublié. Voici qui vous attend depuis longtemps, c'est mon présent de noce.

— J'ai aussi une bague à vous offrir, répondit Cortail d'un ton sévère ; et il lui présenta l'anneau d'argent.

Madame de Saint-Gorgon rougit et pâlit presque en même temps.

— Qui vous a remis cet anneau ? dit-elle ensuite d'une voix faible.

— La mort, répondit gravement l'officier ; je l'ai pris au doigt d'Armand de Bennezons, tué, il y a trois mois, au château de la Pénissière.

Anastasie tomba sur un fauteuil en se bouchant les yeux ; sa douleur, réelle en ce moment, s'épancha par des larmes abondantes autant qu'amères ; selon l'usage des jeunes filles qui se laissent marier, elle justifia sa conduite aux dépens de sa mère qu'elle accusa de despotisme ; et, de plus en plus abandonnée à son chagrin, elle finit par confesser à son cousin l'antipathie que lui inspirait son mari.

— Je n'ai jamais aimé qu'Armand, dit-elle en sanglotant ; au nom du ciel, donnez-moi sa bague ! elle ne me quittera qu'à la mort.

A la vue d'un désespoir si profond, Cortail ému et presque repentant, passa au doigt d'Anastasie l'anneau d'argent, ainsi devenu le symbole de fiançailles étranges entre une florissante jeune femme du faubourg Saint-Germain et un cadavre couché bien loin, au fond d'un bois de la Vendée. Jusqu'à présent madame de Saint-Gorgon a tenu son serment. L'anneau d'argent brille à sa main gauche, à l'exclusion de tout autre, car, par un raffinement de femme, elle a exilé à la main droite tous les autres joyaux de son baguier, même l'alliance de son mariage. Cette conduite est motivée, selon l'usage, aux yeux d'Alexandre Guibout, par une imaginaire fidélité au souvenir d'une amie ; mais le monde, moins crédule que les maris à l'égard des bagues données par les compagnes de pensionnat, a déjà calomnié plus d'une fois la main gauche de madame de Saint-Gorgon. De leur côté, plusieurs jeunes gens des plus beaux, des plus élégants, ou des plus spirituels de l'aristocratie parisienne, ont juré guerre à mort à l'anneau d'argent. L'un veut le conquérir, l'autre le remplacer ; l'un ou l'autre réussira-t-il ? qui peut le dire ? Anastasie portera-t-elle jusqu'à la mort, ainsi qu'elle l'a juré, la bague du romanesque et malheureux Bennezons ? Arioste et Boccace en eussent douté ; pour moi, je le crois. Sans doute je ne voudrais pas assurer l'anneau d'argent contre une rivalité que l'avenir lui réserve peut-être ; il est exposé à rencontrer un jour un voisin, mais un remplaçant, je ne veux pas le supposer ; car enfin une main a cinq doigts : les défunts et les vivants ne se gênent guère mutuellement ; et d'ailleurs quelle femme douée d'une âme chevaleresque pourrait, même pour obéir aux exigences d'une nouvelle passion, répudier le souvenir d'un amant de vingt-cinq ans, mort au combat de la Pénissière ?